中公文庫

もぐら新章

血脈

矢月秀作

中央公論新社

目次

もぐら新章　血脈

序章

仲井啓之《なかいひろゆき》はカードキーをドアバーの横にあるカードリーダーにかざした。ロックの外れる音がする。

中へ入る。電気は消えていて暗い。ドアが閉まる。ドアは自動でロックされた。

「ハロー、ミューズ。ライトオン」

玄関で声をかける。

と、廊下に明かりが灯《とも》った。

靴を脱いで玄関を上がり、廊下を奥へ進む。リビングのドアを開け、また声をかけた。

「ミューズ、リビング、ライトオン」

リビングの明かりが点《つ》く。

「ミューズ、テレビ、オン。暖房オン。風呂のお湯張りオン。コーヒーメーカー、オン」

次々と命令する。

部屋には仲井しかいないが、勝手にテレビのスイッチが入り、暖房器具は作動を始め、バスルームからはお湯が出る音がし、コーヒーメーカーに入っていた水はコポコポと音を立てはじめた。

仲井は動きだした電化製品に目を向け、一人、頷《うなず》いた。

手に持ったバッグをソファーの端に置き、上着を脱いで壁にあるハンガーにかけた。ネクタイを弛《ゆる》め、ソファーに座り、バッグの中からタブレットを取り出す。

ピンホールカメラに顔を向けると、自動的にログインした。画面の時計は、午前零時半を示している。

「デイリーアーカイブを」

タブレットに声をかけると、すぐにアプリケーションが起《た》ち上がった。

仲井はタブレット用のペンを取り、表示された項目にチェックを入れた。

「すべて異常なし、と」

脇にタブレットとペンを置き、大きく息をついた。

仲井は〈マイノロジー・ジャパン〉というＩＴベンチャー企業の社長だった。

主に、日本語音声認識システムを作っている。

ＡＩやＩｏＴ（Internet of Things）関連の製品が次々と実用化される時代に入り、音声認識技術の需要は急速に高まっている。

特に日本語は曖昧な表現も多く、正確にＡＩに認識させるのは至難の業だ。

仲井はこうした時代が来ることをいち早く予見し、大学時代の同期と二人でベンチャーで会社を起ち上げ、日本語音声認識システムの研究を進めていた。途中で起ち上げメンバーだった同期は退いたが、それでも仲井は来たるべき時代を信じ、アルバイトをしながら実用化に向け、寝る間も惜しんで開発を続けた。

苦節五年、その努力は実り、日本の大手電機メーカーからIoTの音声認識システムの開発を依頼された。

資金を得て、従業員を増やし、会社と自分の命運を懸けた。

それから二年、ついにモデルハウスでの実用試験が始まった。

従業員はもちろん、一般モニターも募集し、一軒家、アパート、マンション、大家族から単身者まで、あらゆる形態でメーカーと共同でモニタリングをしている。

その試験もあと一ヶ月ほどで終わる。

これまでのところ大きなトラブルもなく、おおむね順調だ。このまま試験をクリアすれば仲井の会社のシステムは正式採用され、そのメーカーのIoTの標準となる。

「長かったが、あと少しだ」

仲井は立ち上がり、キッチンへ入った。

コーヒーができあがっていた。食器棚からカップを出し、コーヒーを注《つ》ぐ。啜《すす》ると、芳《こう》ばしい香りが鼻腔を抜けた。

立ったままテレビに目を向け、コーヒーを飲んでいた。と、妙な音が聞こえてきた。

仲井はカップをキッチンボードに置いた。

「テレビ、オフ」

声をかけると、テレビが消えた。

耳を澄ます。

何かが激しく流れている。

仲井はリビングを出た。音はバスルームから聞こえてきていた。小走りで駆け寄り、ドアを開ける。

お湯が規定の量を超えても出続けていた。

「おいおい、頼むよ……。ミューズ、お湯張りオフ」

声をかける。が、湯は止まらない。

仕方なく、風呂場内のパネルの停止スイッチを押した。それでも止まらない。

「どうなってんだ?」

何度も何度も押してみる。しかし、止まる気配がない。

お湯はバスタブから溢れ出そうだった。

仲井はバスタブの栓を抜いた。お湯が排水口に流れ込む。だが、このままでは水道代がとんでもない額になる。

仲井はスマホを取りにバスルームを出た。

その時、突然、リビングで大音量が流れ出した。部屋へ駆け込む。消したはずのテレビが点いていた。

「ミューズ！　テレビオフ！」

命令するが、テレビは消えない。

エアコンで暖房を入れたはずなのに、急速冷房を始めている。空のコーヒーメーカーも動き出し、レンジや食洗機も動き始めた。

「どうなってんだ！」

仲井は玄関へ走った。ドアの上にある電源ボックスを開け、ブレーカーを落とす。すべての明かりが落ちた。テレビも消え、電化製品も停止した。風呂のお湯も、電気給湯器を使っているので、給湯は停まりつつあった。

「まいったな……」

真っ暗な廊下を進み、リビングへ戻る。

ソファーに手を突き、座った。手探りでバッグを引き寄せる。カバンの中を漁り、スマートフォンをつかみ出した。

給湯が止まったということは、給水管に問題はないということだ。

つまり、ＩｏＴのシステムに問題が生じていることに他ならない。

ここまで来て、失敗するわけにはいかない。

「他のところでも暴走していないといいが」

独りごち、スマホの電源ボタンを押す。

蒼白い明かりが顔を下から照らす。仲井の不安げな表情が闇に浮かび上がる。

仲井は部下の番号を表示し、コールボタンをタップしようとした。

その時、唐突に明かりが点いた。テレビの電源も入り、またけたたましい音声を発する。

レンジやエアコンも作動しはじめた。

「バカな……。ブレーカーを落としたんだぞ！」

仲井はスマホを握ったまま、玄関へ走った。ボックスを見る。ブレーカーは落ちたままだ。

仲井は何度もブレーカーを入れたり落としたりしてみた。が、まったく利かない。

「どうなってるんだ……。どうなってる！」

仲井は呆然と立ち尽くした。

と、いきなり、焦げた臭いが鼻を突く。テレビの大音量が消えた。

リビングへ駆け戻る。

コンセント付近から発火していた。過電流だ。火はカーテンに燃え移った。

仲井はスマホをポケットに突っ込み、キッチンへ走った。ボウルを出し、蛇口をひねる。

水を溜《た》め、リビングに戻って火に水を掛けた。しかし、勢いは止まらない。

再び、キッチンへ戻った。

瞬間、背後でレンジが爆発した。

レンジのドアが吹き飛び、仲井の後頭部に激突した。

仲井の上体が折れた。対面キッチンの水除《みずよ》けに額をぶつける。仲井は朦朧《もうろう》とし、その場に両膝から崩れた。

レンジやコーヒーメーカーのコンセントからも火の手が上がった。廊下の方からも炎がちらつく。

カーテンに点いた火はたちまち上昇し、天井を焦がしはじめた。黒い煙が室内に充満しはじめる。倒れた仲井は煙を吸い込んだ。

咳《せ》き込みつつ、なんとかスマホをポケットから出した。

電源ボタンを押そうとする。が、指が痺れて動かない。

火の点いたコードが仲井の上に落ちてきた。ワイシャツに燃え移る。

動け！　動いてくれ！

仲井は力を振り絞ったが、あがきも虚《むな》しく、全身はまもなく炎に包まれた。

第一章

1

益尾徹《ますおとおる》は沖縄県警本部を訪れていた。生活安全部サイバー犯罪対策課の課長、屋良昌真《やらしょうしん》と会っている。

屋良は三十六歳で、益尾と同じ年齢だ。体はがっしりとして四角く、顔立ちは眉も太く、目も大きくて体毛も濃い。いかにも南国の人という風体だが、話しぶりは繊細だ。

益尾も警視庁本庁のサイバー犯罪対策課捜査第一係の係長を務めている。

「県内のコールセンターにあたってみたところ、そちらの火災以外にも、マイノロジー・ジャパンのモニターをしていた家から複数の相談が寄せられていました」

屋良は言い、タブレットを益尾に渡した。

益尾は指で画面をスクロールしながら、屋良が提示した資料に目を通した。

益尾が沖縄県警を訪ねたのは、先日、世田谷のマンションで起きた火災に関しての捜査のためだった。

死亡したのは、マイノロジー・ジャパンの社長、仲井啓之。死因は焼死だ。現場の状況からみて、煙を吸い込んで一酸化炭素中毒になり、動けなくなった体に引火し、そのまま死んだのだろうということだった。

また、複数のコンセントから発火した痕跡があったことから、なんらかの原因で過電流が起こり、ショートし、発火したものと推定された。

そこまでは単なる電気火災だった。

問題は、なぜ過電流が発生したかという点だ。

捜査を進めていくと、電力会社のデータには、ブレーカーが落とされた記録が残っていた。

通常であれば、そこで電気の供給が断たれ、過電流に至ることはない。

が、再び、ブレーカーが入っていた。

当初は、故人が任意に入れ直したものとみていたが、調査の結果、ブレーカーは落ちたままの状態で通電していることがわかった。

さらに捜査を進めると、過電流が発生した時間帯には、近隣でも停電が発生していた。

つまり、電気を供給している変圧器になんらかの不具合があり、マンションを含めた近隣に一斉に高圧の電気が流れたということだ。

その原因を調べていたところ、変圧器を制御しているプログラムに不審な文字列が発見された。

また、被害に見舞われた家屋に、マイノロジー・ジャパンの音声認識システムをモニタリングしていた家が多く含まれていたことから、益尾はマイノロジー・ジャパンのカスタマーサポートを務めているコールセンターで関連性を調べることにした。

マイノロジー・ジャパンのカスタマーサポートは、すべて沖縄にあった。益尾は沖縄県警のサイバー犯罪対策課に連絡を入れ、調べてもらっていた。

今日はその結果を直接聞きに来た。

複数の事業者が今回のモニタリングのカスタマーサポートを務めていた。

資料に目を通していた益尾の表情が険しくなる。

「モニターの家のほとんどで、同時刻にトラブルが発生していますね」

益尾が呟く。

「ええ。モニターの家に電気を供給している付近では、世田谷と同様の事象が起こっています。これだけをみると、マイノロジー・ジャパンのシステムとの関連はありそうですね。どこのコールセンターも、その時間はパンクしそうなほど電話が鳴り続けたと話していました。マイノロジー・ジャパンから出向していた専門のカスタマー担当もいたそうですが、原因は特定できず、混乱は続いたとのことです」

　屋良が言った。

「益尾警部。変圧器で発見された文字列とはどういうものですか?」

　屋良が訊く。

「時限プログラムです。一時的に変圧器の制御を無効にするものでした」

「それは……なかなか高度ですね」

　屋良の言葉に、益尾が頷く。

「うちで解析していますが、IPアドレスが見当たらないので、ひょっとしたらシステムを組み上げた時点で最初から入れられていたものかもしれません」

「となると、変圧器を製造しているメーカーのものすべてに仕組まれている可能性もありますね」

「今、メーカーに問い合わせ、合同で調査しています。今のところ発見はされていませんが、シーメンス社の件もありますからね。徹底して潰しておく必要があります」

「そうですね。それにしても、厄介な時代ですね」

　屋良がため息をつく。

「本当です。でも、放っておくわけにもいきませんから、我々も。このデータ、いただいてよろしいですか?」

益尾がタブレットを指す。

「ええ。ＵＳＢに落としますか？」

「このタブレットのデータをいただけるなら、今すぐコピーさせてもらいますけど」

「どうぞ」

屋良はタブレットを差し出した。

益尾はスーツの内ポケットからＵＳＢメモリーを出し、ジャックに差した。ウイルス解析と認証が行われ、利用可能状態になる。

すぐさま、ＰＤＦデータのコピーを始めた。

「今日はこのまま、東京へお帰りですか？」

屋良が訊いた。

「いえ、ちょっと寄るところがあるので」

「例のところですね」

屋良が意味深に微笑む。

「そういうことです」

益尾も笑みを返した。

2

沖縄県警本部を出た益尾は、沖縄都市モノレール・ゆいレールの県庁前駅へ向かうべく、県庁前通りを北へ歩いた。

県庁北口のスクランブル交差点に出た。国際通りと交差する場所で、地元の人以外に観光客の姿も多い。

信号を待っていると、対面の商業施設〈パレットくもじ〉前の広場に人だかりができていた。

信号が変わり、益尾は人だかりに近づいた。イベントかと人垣の先を覗《のぞ》き込もうとすると、悲鳴が上がった。その後すぐ、怒声が聞こえてくる。

「覚悟しれー、竜星《りゅうせい》！」

若い男の怒鳴り声だった。

「竜星？」

益尾は声に耳を留め、人垣を搔《か》き分け前に出た。

派手な形《なり》をした若い男性十数名が輪になって広がっていた。

その中心にひとりの青年が立っていた。

リュックを右肩にかけ、背筋をピンと伸ばし、自然体で立っている。目は涼しげだが、正面の体格のいい短髪の男を静かに見据えていた。

「やれ！」

短髪の男が声を張った。

左右背後から、一斉に男たちが襲いかかった。

青年は肩にかけていたリュックを足下に落とした。

左の男がローキックを繰り出した。右の男が同時にハイキックを放つ。

青年は折った右腕を上げ、左脚を引き上げた。

パシンと肉を打つ音がした。が、青年は片脚で立ったまま、びくともしない。

左右からの蹴りを腕と脚で同時に受け止めていた。

青年は蹴りを受け止めたままの格好で、正面の命令を放った短髪男を睨んでいた。

攻められているはずの青年から余裕が滲《にじ》む。少しだけ背を丸めたその立ち姿は凛《りん》として、畏怖すら感じさせる。

益尾は双眸《そうぼう》を見開いた。

「竜司《りゅうじ》……さん？」

脳内で映像が重なった。

背後から、男二人が同時に足刀蹴りを放った。

「後ろ！」

益尾は思わず叫んだ。

青年は左脚を踏み出した。右手のハイキックを放った男の脇に回り込み、脚を受けた右腕で裏拳を放った。

男は両腕を上げ、裏拳をガードした。よろけて、青年が立っていた位置に出る。背後から放たれた仲間の足刀蹴りが男の脇腹に食い込んだ。

男は相貌を歪め、腰をねじった。

青年は裏拳を放った勢いで右脚を軸にくるりと回り、左回し蹴りを放った。足の甲が腰をねじった男の首筋に食い込む。

男は弾かれ、地面に倒れた。

背後から攻めてきた男の仲間は、自分の仲間を蹴ってしまい、一瞬狼狽《ろうばい》した。

青年はスッと二人の前に迫った。右手の男に裏拳を放つ。顔面に基節骨がめり込む。その回転を利用し、左側にいた男の頬にフックを放った。

男の頬がよじれ、右側に吹き飛ぶ。男は左側で裏拳を食らった男に寄りかかり、絡み合って地面に倒れた。

「ほお、すごいな」

益尾の口から思わず感嘆の息がこぼれた。

正面左右にいた男たちや後ろにいた者たちが一斉に迫る。

益尾はもう少し見ていたかったが、さすがに公衆の面前、しかも県庁前とあっては、これ以上看過できなかった。

益尾はゆっくりと人垣から一歩前に出た。

「はーい、そこまで！」

両腕を広げて上げ、大声を張る。

男たちが止まった。

青年も顔を向ける。その顔に屈託のない笑みがこぼれた。

「益尾さん」

「久しぶりだな、竜星」

益尾は青年を見て笑みを返し、頷いた。

「ぬーが、おっみーち！」

一番近くにいた金髪の男が、益尾を睨んで肩を揺らし、近づいてきた。

益尾は男を見つめた。

男はいきなり左手で益尾の胸ぐらをつかんだ。

瞬間、益尾は左手のひらを男の手の甲に重ねた。左脚を引くと同時に男の肘に右手の甲を当て、礼をするように上体を倒す。

男は前のめりになり、そのまま地面に倒れていく。

益尾は右手で腕を握り、引いた。男の顔が地面に直撃する寸前、倒れていく体が止まった。益尾はゆっくりと片膝を折って、男の体をうつぶせに押さえつけた。

右肩に男の左手首をかけ、右手で男の肩の付け根を押さえる。

「放せ、こら！」

男はうつぶせて喚《わめ》き、じたばたするが、起き上がれなくなった。

左手をスーツの内ポケットに入れ、身分証を取り出し、掲げた。片手ではらりと開く。

「警察だ！　これ以上騒ぐなら、全員逮捕するぞ！」

益尾が大きな声で言う。

竜星を取り囲んでいた男たちが怯《ひる》んだ。

が、短髪の男だけは違った。

「ポリ公がぬーやっさーとあびるんやっさー！」

益尾を睨んで怒鳴る。

しかし、益尾はきょとんとした。言葉がわからない。

「警察がなんぼのもんだ、と言っているんですよ」

竜星が言う。

「おお、そうか」

益尾は思わず苦笑した。

「益尾さん、すぐ終わるから、ちょっと目をつむっていてくれませんか？　こいつ、しつこいから、ここで倒しておかないと面倒なんですよ」

「それはなあ……」

「殺しゃしません」

「当たり前だ。立場上、黙認はできんが、早くしろ」

益尾が言う。

「了解」

竜星はにっこり微笑み、短髪男に向き直った。今しがた優しく微笑んでいた両眼に、怒気が宿る。

「バカんがいしやがって……」

短髪男はぎりっと奥歯を嚙《か》み、竜星を睨みつけた。

直後、竜星に突っ込んできた。体勢を低くし、足元へのタックルを狙う。

竜星はスッと右脚を引いた。

短髪男が両腕を伸ばし、竜星の両脚に巻き付けようとした。

竜星は左脚を踏み込んだ。瞬間、右膝を突き出す。

鈍い音がした。

竜星の膝頭が男の顔面に食い込んだ。男の動きが止まった。鼻梁《びりょう》が折れる。鼻腔から鮮血が噴き出す。

男は竜星の脛《すね》に顔をこすりつけて、ずるずると地面に突っ伏した。

一発だった。

男の仲間や周りのやじ馬たちも、あまりにも一瞬の決着に息を呑んだ。

益尾は金髪男から離れ、短髪男に歩み寄った。仰向けに返し、状態を見る。

男は完全に気絶していた。鼻と口から出血していて見た目は痛々しいが、重傷ではない。

「殺してないでしょ？」

竜星が上から覗き込む。

「当たり前だ」

益尾は苦笑した。

パトカーのサイレンが聞こえた。誰かが通報したようだ。

「あとは僕が処理しておくから、君は帰りなさい」

「いいですよ、僕も警察に行きます。僕からケンカを売ったわけじゃないし、こいつらのことも話しておきたいし」

「まったく……」

益尾は呆れて首を振り、短髪男を寝かせて立ち上がった。

パトカー数台が広場前に到着し、制服警官が降りてくる。短髪男の仲間が逃げ出した。制服警官が逃げた若者を追う。倒れた男たちを捕まえる者もいる。二人の制服警官が益尾たちの下へ駆け寄ってきた。

益尾はすぐさま身分証を提示した。制服警官が敬礼する。

「何があったんですか？」

「事情は署で。この男を病院へ連れて行ってください」

「わかりました」

制服警官が無線で救急車を呼ぶ。

「仕方ない。行くか」

益尾は竜星の二の腕を軽く叩いた。

竜星は自分のリュックを拾い、制服警官に従ってパトカーに乗り込んだ。

3

益尾と竜星は、二時間後に県警本部を出た。その足でゆいレールに乗り、終点の首里《しゅり》駅で降りた。

そこから南東に五分ほど歩く。狭く曲がりくねった通りに、住宅が密集している。

二人は小径《こみち》の奥にある小ぎれいなマンションに入った。一階右手奥の部屋の前で立ち止まる。

表札には〝安達《あだち》〟と記されていた。

「相変わらず、のんびりとした空気だな、沖縄は」

益尾が言った。

「ここはごちゃごちゃしてる。喜屋武《きゃん》のほうがよかったよ」

竜星は言い、ドアを開けた。

「ただいま」

部屋の中へ声をかけると、いきなり女性の怒鳴り声が聞こえてきた。

「こら、竜星！　あんた、またオーエーしたんか！」

足を踏み鳴らし、スエットパンツと七分袖Tシャツ姿のショートカットの中年女性が奥から出てきた。

「あんたは、ほんとに！」

竜星を睨みつける。

女性が益尾に気づいて、顔を向けた。途端、顔に満面の笑みが浮かぶ。

「あら、益尾君」

「お久しぶりです、紗由美《さゆみ》さん」

益尾は微笑み、会釈をした。

「そっか。今日は益尾君がいたから、引き取りに来なくていいと言ったのね、稲嶺《いなみね》さん」

「別に、いつも来なくていいんだよ」

竜星は素っ気なく言い、部屋に上がった。しれっとした顔で紗由美の横をすり抜ける。

「竜星！」

紗由美が背中を睨むが、竜星は気にも留めず、自分の部屋へ入った。

「まったく……」

ため息をついて、益尾を見やる。

「ごめんね、益尾君。迷惑かけちゃって」

「いえいえ。喧嘩は竜星君が吹っかけたわけじゃなく、相手が売ってきたものです。それは少年課の稲嶺さんもよくわかっていましたよ」

「そうなのかもしれないけど、こっちに引っ越してきて、喧嘩が多いのよ、ほんとに」

「オーエーというのは、喧嘩のことですか？」

「あら、出ちゃってた？」

「すっかり、ウチナンチュですね」

「もう十八年もいるから、たまに出ちゃうのよ。上がって」

「お邪魔します」

益尾は廊下に上がり、靴を揃えた。

廊下を奥へ進む。リビングのドアを開けると、座椅子に老女が座っていた。

「こんにちは」

「あら、益尾君」

目尻に深い皺を刻み、微笑む。

古谷節子《ふるやせつこ》だ。殉職した古谷涼太《りょうた》の母で、涼太の四十九日の法要を終えた後、当時身重だった紗由美の世話をするため、沖縄に来た。

そのまま紗由美と暮らすようになり、もう十二年になる。今ではすっかり、母娘のようになっていた。

「座って」

紗由美が促す。

益尾は節子の向かいに座った。

「今日は休暇？」

節子が訊く。

「いえ、捜査で沖縄県警本部に来る用事があったもので、ついでに」

「そう。大変ね」

節子が目を細める。

紗由美が湯飲みを持って戻ってきた。テーブルに置いた電気ポットから茶を注ぐ。

「どうぞ」

益尾と節子の間に座り、湯飲みを差し出す。

「ありがとうございます」

益尾は温かい茶を啜った。鼻にミントのような爽やかな香りが抜ける。

「さんぴん茶ですか?」

「うん。もうこっちはずいぶん暖かいけど、冷たいのばかり飲んでたら体が冷えるからね。温かいのにしてるの」

紗由美は言い、自分も茶を注ぎ、啜った。

テーブルの籠《かご》には、サーターアンダギーが入っていた。

「もらっていいですか?」

益尾が籠を見やる。

「ご遠慮なく」

紗由美が微笑んだ。

益尾は丸いカステラのような塊を一つ取った。かぶりつく。香ばしい甘さが口の中に広がる。さんぴん茶を飲むと、口の中の油っぽさがスッと流れた。

「やっぱ、いいなあ。サーターアンダギーとさんぴん茶の組み合わせは」

益尾の頬が綻《ほころ》ぶ。

「そういう顔すると、昔と変わんないね。とても警部さんには見えない」

「紗由美さんの前じゃ、仕方ないですよ」

益尾は笑い、サーターアンダギーを平らげた。

「愛理《あいり》ちゃんは元気？」

「ええ。ＰＴＡの役員になって、毎日忙しくしてます」

「ＰＴＡは大変だね。木乃花《このは》ちゃんはいくつになったの？」

「もう十二歳です」

「来年は中学生なのね。早いわねえ」

節子が言った。

「ほんと、子供の成長はあっという間ですね。今年の夏はこっちに来たいと言っているんですが、おじゃまさせてもらってもいいですか？」

紗由美を見やる。

「いいわよ、何日でも。益尾君は来られるの？」

「その時次第です」

渋い顔をしてうつむく。

「警察官は仕方ないわね。私も主人と旅行したり、家族揃ってどこかへ出かけたりしたことはなかったもの」

節子が言う。

「犯罪は待ってくれないですから」

「大丈夫よ。今は淋しいでしょうけど、大人になれば、あなたの仕事のことはわかってくれるから」

節子の言葉に、益尾は頷いた。

お茶を飲み干して手を拭き、立ち上がる。

「いいですか?」

隣の部屋を見る。

「喜ぶよ」

紗由美も立ち上がった。

襖《ふすま》を開け、二人で隣の部屋へ入る。

百八十センチ丈の仏壇があった。竜司や古谷の写真が飾られている。

益尾は仏壇の前に立ち、線香に火を点けた。手であおいで消し、線香立てに差して、手を合わせる。

紗由美は益尾の背中を見つめた。隣の部屋から、節子も益尾の姿を見つめる。

益尾は顔を上げた。古谷涼太の写真は笑顔だった。が、竜司は在りし日と変わらず、険しい表情をしている。

写真は、仏壇に飾られているものしかなかったそうだ。それも、沖縄に来て撮ったものだと紗由美から聞いた。

写真を見るだけで、竜司と過ごした日々のことを鮮明に思い出し、全身が熱くなる。もう竜司がこの世を去って十八年も経《た》つのに、あの強烈な印象は忘れられない。

こんな人、二度と会うことはないだろうな……。

益尾はふっと微笑み、リビングに戻った。

節子が湯飲みにさんぴん茶を注ぎ足してくれた。益尾は少し口に含んだ。

「楢山《ならやま》さんは？」

「金武《きん》ちゃんの道場に行ってる」

「糸満《いとまん》のですか？」

益尾の言葉に、紗由美が頷く。

「こないだまで、沖縄県警の指導教官をしてたんだけど」

「ああ、そうか。定年ですもんね」

「そうなの。でも、動いてないと体が鈍《なま》るからって、週に五日は、金武ちゃんの道場に行って暴れてるそうよ」

「暴れてるって」

益尾が苦笑する。

「益尾君が来ると知っていたらいたんでしょうけど。電話するわ」

「いや、いいですよ。僕の出張も急だったし。あとで、金武さんの道場に寄ってみます」

「ゆっくりできるの？」

「いえ、明日には帰らなくてはならなくて」

「そう。どこに泊まってるの？」

「泉崎《いずみざき》のロイヤルホテルです」

「旭橋《あさひばし》駅のあたりね。じゃあ、糸満に寄って、そのまま楢さんとこっちへ戻ってきなさいよ。夕飯作っとくから。というか、楢さんを連れて帰ってきて。あの人、ほっとくと調子に乗って飲んじゃうから」

紗由美が言う。

竜司の親友だった楢山誠吾《せいご》は、十八年前の事件で左脚を失い、紗由美たちと沖縄で暮らしていた。

楢山は警察を辞めるつもりだったが、瀬田登志男《せだとしお》副総監の取り計らいで、警視庁からの出向という形で三ヶ月ほど前まで、沖縄県警の指導教官を勤めていた。

楢山のことを話す紗由美の口ぶりは、すっかり夫婦のような風情だが、二人が籍を入れようとしたことはない。あくまでも、楢山にとって紗由美はうしなった親友の妻であり、紗由美にとって楢山は亡き夫を知る大切な友人というスタンスを崩さなかった。

周りから見れば不思議な関係だが、竜司や楢山と共に激動の時を過ごした益尾には、その線引きも納得できた。

「夕飯食べた後、ホテルまで送ってあげるから、ゆっくりするつもりでね」

「わかりました。じゃあ、ちょっと迎えがてら行ってきます。バッグは置いといていいですか？」

「いいよ。遅くならないようにね」

「はい。じゃあ、ちょっと行ってきます」

益尾は財布とスマートフォンだけ持って、紗由美の家を出た。

4

益尾は首里駅近くでタクシーを拾い、糸満市の西崎町《にしざき》を訪れた。南西へ三十分ほど行ったところだ。近くには糸満港もある。

金武の琉球《りゅうきゅう》古武術の道場は、以前は糸満0番地と呼ばれていた飲み屋街の奥にあった。が、0番地の建物は取り壊され、再開発が進んだこともあり、七年前に西崎陸上競技場の近くへ移転した。

陸上競技場沿いの道路を挟んだ向かいの角に白いビルがある。その一階が道場だった。

益尾はタクシーを降りた。〈金武道場〉と記されたガラスドアを開く。中から、サンドバッグを打つ音が聞こえてきた。

「もっと気合を入れろ！」

大きな声が響いた。

楢山の声だ。益尾の口元が思わず綻ぶ。

益尾は声をかけず、中へ入った。

と、入口近くにいた金髪の若者が、益尾を睨みつけてきた。

「ぬーが、やーやみ？」

立ち上がって、益尾に近づく。

「勝手んかい、いいんじゃねー！」

顎を突き出し、益尾の胸ぐらを両手でつかんだ。

「ごめんな。何を言っているのか、わからないんだ」

益尾は微笑むと、若者の両肘の裏に自分の両手をそっと置いた。

瞬間、腰を落とした。

「あっ！」

若者の上半身が前のめりになった。

益尾は両手を添えたまま、その場に正座した。若者は肘裏に体重を乗せられ、そのまま益尾と共に頽《くずお》れた。

益尾は肘裏を押さえ、若者の両肘を床に付けた。若者は起き上がろうとする。が、じたばたするだけで上半身は動かない。

「離せ、こら！」

若者が叫んだ。

道場が一瞬、しんとなる。視線が益尾と若者に注がれた。

「おー、益尾君か！」

金武が笑顔を向けた。

「ご無沙汰してます。楢山さんも」

杖をついて立っている楢山に微笑みかけた。

「いつ来たんだ？」

「今朝です。出張で」

「なんだ。連絡しろよ」

「すみません、急だったもので」

益尾は若者を押さえたまま、平然と会話をする。若者は状況を飲み込めないまま、じたばたしていた。

「おい、そいつを離してやれ」

楢山が言う。

「あ、ごめんごめん」

益尾は肘裏に置いた両手を外した。

若者がガバッと上体を起こす。

「ぬっすんだ、やー!」

若者は眉を吊り上げ、益尾の右肩をつかんだ。

と、金武が笑った。

「あはは、やめとけ、真昌《しんしょう》。やーではかなわんわい」

「こんな弱そうなやつに負けるか!」

若者が粋がる。

「益尾、相手してやれ」

楢山が言う。

「それは……」

「そりゃいい。益尾君、いっちょ揉んでやってくれ。そいつは真栄《しんえい》の息子なんだ」

「ああ、安里《あさと》さんの」

笑みがこぼれる。

安里真栄は、かつてある事件で竜司と関わった喜屋武の男だ。竜司たちが移住した際は、安里が用意してくれた古民家に住んでいた。益尾も何度となく訪れ、顔はよく見知っている。

真栄の家に、竜星と同い年の男の子がいたことも知っていた。よく、竜星と海で遊んでいたのを覚えている。

小学校へ入る前くらいから会わなくなったので顔はうろ覚えだったが、よく見ると、ちょっと垂れた眉毛や膨らんだ小鼻には面影が残っている。

真昌は益尾のことをすっかり忘れているようだった。

「何、笑ってんだ！」

真昌が強く肩口をつかむ。

「なかなか、ヤンチャに育ったようですね」

「そうなんだ。真栄に、性根を叩き直してくれと頼まれてな」

「わかりました。そういうことなら」

益尾は真昌の左手の小指をつかんだ。反り返す。たちまち、真昌の手が肩から離れた。

「やむんな！　くぬやろー！」

拳を握って、今にも襲いかかってきそうな勢いだ。

「だから、わからないんだって、ウチナー口《ぐち》は。まあ、待て。用意するから」

益尾は言い、スーツの上着を脱いだ。ネクタイを外し、ワイシャツも脱ぐ。

道場内にいた生徒たちがざわついた。

見事な逆三角形の体だった。肩から上腕は筋肉で盛り上がり、腹筋はきれいに六つに割れている。

真昌もその体を見て、少したじろいだ。

「鍛えたなあ」

金武が言う。

「まだ、金武さんや竜司さんにはかないません」

益尾は脱いだ物を軽くたたんで、道場の端に置いた。

「それ、貸してくれるかな?」

近くにいた若者に声をかけ、棚にあるフィンガーグローブを目で指す。

「あ、はい」

若者がフィンガーグローブを取った。

益尾は受け取って面ファスナーを外し、両手をグローブに通した。しっかりと面ファスナーを留め、指を握ったり開いたりする。そして、右拳を左手のひらに打ちつけた。

ドンと重い音がする。

益尾は腕を回したり、首を回したりしながら道場の真ん中に立った。

やおら振り向き、真昌を見やる。

「いつでもいいよ」

自然体で構えた。微笑んでいた両眼がふっと鋭くなる。

「ほお」

楢山が片笑みを覗かせる。

真昌は対峙した。拳を握って構え、益尾を睨む。が、動けない。

隙がなかった。頭の中で攻め手を考える。しかし、どう攻めても、一撃で伸びている自分の姿しか浮かばない。

息が荒くなってくる。こめかみに脂汗が滲む。向かい合う時間が長くなるほど、なんとも言い難い圧が対面から押し寄せてくる。

細くて生白く映っていた益尾が、今は鬼のように強大な化け物に感じる。

益尾は真昌を見つめながら、初めて竜司と対峙した時のことを思い出していた。

あの時は、後ろ手を縛った竜司に一発も殴りかかれなかった。気圧《けお》されるというのがどういうことか、肌身で感じ、真の恐怖に震え、自分の弱さを恥じた。

益尾は自分が若者や犯罪者にとって、圧倒的な力を持つ畏怖の対象になろうとは思っていなかった。竜司には今も憧れるが、竜司にはなれない。

しかし、竜司や楢山たちと共に過ごすうち、大事な人を守るための力は必要だと強く感じた。竜司も栂山も、そうして生きていたからだ。

そして、その生き様に共鳴した。

以来、益尾は鍛錬を欠かしたことはない。実戦的な稽古ができない時でも、イメージトレーニングだけは毎日続けている。

今、真昌が感じているのは、益尾に対する恐怖だけではない。目の前にいる見知らぬ男の生き様を感じ、自分の弱さと向き合っているに違いない。

自分がそうだったから……と、益尾は感じていた。

益尾は半身を解いて、真昌に向かって仁王立ちした。右腕を後ろに回す。

「なんの真似だ？」

真昌が気色ばんだ。

益尾は左前腕を上げた。

「君には、この左手一つで間に合いそうだ」

「なんだと？」

「三秒待つ。それでもかかってこないなら、君の負けだ」

益尾は挑発した。

「ほら、どうした？　三、二、一――」

片笑みを覗かせる。

真昌は奥歯を嚙んだ。目尻を吊り上げる。

拳を上げた。怒声を放ち、床を蹴る。左手のひらを益尾の顔に向けてかざし、左足を踏み込んだ。

腰をひねり、右の正拳を打ち込む。

益尾は真昌の左側に踏み出した。真昌の正拳が腹筋を掠《かす》める。真昌の顔が真横にあった。

益尾は左足を踏ん張り、腰をひねって、左フックを打ち下ろした。拳がこめかみを捉える。

真昌の上体が斜め前方に飛んだ。そのまま突っ伏し、顔面を床にしたたかに打ちつける。鼻梁が曲がり、鼻から血が噴き出した。口の中も切り、鉄の味が滲む。

「ふざけんな……」

真昌は立ち上がろうとした。が、めまいがし、生まれたての子羊のように膝から崩れた。

「なんだ……どうなってんだ……」

真昌は何度も立とうとするが、そのたびに膝を折り、床に崩れ落ちた。

「無理するな。脳が揺れてる」

楢山は言い、真昌の近くにいる若者に目を向けた。

「隅に連れて行って、寝かせてやれ」

楢山に言われ、若者たちが真昌の脇と脚を抱え、道場の隅に連れて行った。

「いやあ、お見事」

金武が拍手しながら、近づいてくる。

「ちょっと見ない間に、凄みが増したな」

そう言い、二の腕を叩く。

「金武さんの方が、円熟味が増して怖くなってますよ」

「そりゃ、俺が歳取ったってことか？」

「そんなことは言ってませんよ」

益尾が笑う。金武も笑った。

金武は白髪や顔の皺も増えたが、体は一回りも二回りも大きくなっていて、アメコミヒーローの〝超人ハルク〟のようだった。

昔のように全面から噴き出す迫力はないが、目の奥から漂う気迫は出会った時の比ではなく強い。

益尾が成長してきたように、金武もまたさらに上を歩んでいる。

益尾はフィンガーグローブを外し、棚に戻して、ワイシャツと上着を着た。ネクタイは上着のポケットに入れた。

楢山が杖をつきながら、歩み寄ってきた。

「おまえ、竜司に似てきたな」

「まさか。あんなすごい人にはなれませんよ。似てきたといえば、竜星じゃないですか？今日、たまたまパレットくもじ前で彼が喧嘩しているところを見たんですけど、一瞬、竜司さんかと見紛うくらい似ていましたよ」

「まあ、ありゃ、血筋だがな」

　楢山が苦笑する。

　壁に掛かった時計を見る。午後六時を回ったところだった。

「楢山さん。紗由美さんから連れて帰ってこいと言われてるんですけど」

「なんだ、迎えに来たのか」

「ほっとくと、飲んだくれるからと」

　益尾が笑う。

「そんなに飲んでねえぞ。なあ、金武」

「まあ、稽古後は必ず、泡盛を一升空けるのが飲んでないということなら、そうですけどね」

　金武が苦笑した。

「そんなに飲んでたら、体壊しますよ！」

「もう壊れてんだから、いいだろうよ」

　楢山は脚のない左のズボンの裾を揺らした。

「それはシャレになりません。とりあえず、今日は帰りましょう」

「俺も行っていいか?」

金武が訊く。

「おう、そうしろ」

楢山が言う。

「じゃあ、先に帰ってるから、あとで来い」

楢山は言うと、外へ歩きだした。

「金武さん、また後ほど」

益尾は言い、楢山と外に出た。

「金武さんも来るって、紗由美さんに言っとかなくて大丈夫ですか?」

「いつものことだ。こっちにゃ、ゆんたくといって、仲の良いのが集まって飲み明かす文化があるんだ。俺も紗由美ちゃんも節子のおばあもこっちには長いから、すっかり馴染《なじ》んじまってるよ」

「そうですか。そうですね、もう十八年ですもんね。タクシー停めますか?」

「いや、車で来てんだ」

楢山はリモートキーを出した。解錠スイッチを押す。黒いコンパクトカーからピッと音がし、ハザードランプが一度点滅した。

運転席に乗り込む。益尾は助手席に乗った。

「オートマってのは便利だな。右足一本で運転できるんだからよ」

楢山は杖をコンソールに取り付けた鉤《かぎ》に挟み、ドアを閉めてシートベルトをした。

益尾もシートベルトをする。楢山は慣れた手つきで車を発進させた。

「飲酒運転はしていないでしょうね」

「するわけないだろう。これでも一応、警官だった男だ。だから、飲んだら帰らねえんだ」

「帰れない、の間違いでしょう」

益尾が呆れて微笑む。

「飲むのは仕方ないですけど、一升は飲みすぎですよ」

「わかってんだけどな。飲まずにはいられねえんだよ。おまえだから話すがな。定年退職して暇になっただろう。うちでだらだらしてると、どうしても思い出しちまうんだ。あの時のことを」

楢山はなくなった左足の付け根をさすった。

「なんで、俺じゃなかったんだろうなってな」

「楢山さん！」

「わかってる！　わかってるがな、どうにかできなかったかという思いは消えねえ」

檜山は前を見つめたまま言った。

益尾は檜山の横顔を見た。白髪が増え、目尻には深い皺と南国の陽差しでできた染みが浮かんでいる。迫力はあるが、現役時代の荒ぶる眼力はなくなり、物腰も柔らかくなっていた。

「紗由美さんにそのことを」

「話すわけねえだろう。一番哀しい思いをしてるのは、紗由美ちゃんだ。俺は、紗由美ちゃんや竜星を見守ってやることしかできねえ」

「それでいいんじゃないですか？　心強いと思いますよ」

「だったらいいんだがな」

檜山はふっと笑った。

「すまんな、湿っぽい話をしちまって」

「いえ」

益尾も微笑む。

「ところで、何の捜査だ？」

話を変える。

「世田谷で住宅火災が起きたんですが、配電システムを操作された形跡があったんです。で、そのシステムのコールセンターがある沖縄でも調べてもらっていて、その結果を聞きに来たんです」

「わざわざ来る必要があったのか？」

「沖縄でも、同じようなことがあったと聞いたので、直接担当者と会って、現場も見ようと思いまして」

「そうか。そういえば、紗由美ちゃん、コールセンターで働いてるぞ」

「そうなんですか？」

「ああ、もう十年くらいになるかな。今じゃ、主任とか呼ばれてるよ」

「すごいですね」

「沖縄は仕事が少ないからな。夜には戻りたくなかったそうだし。給料は決して高くないが、俺の給料と合わせれば十分だったからな。節子さんの年金もあったし」

「ほんとに共同生活ですね」

「まあ、俺も稼いでも使い道なかったからな。ちょうどよかった」

　楢山が笑った。

「面倒なことになりそうか？」

「若干、そんなニオイはします」

「こっちで調べることがあれば、いつでも言ってくれ。俺も現役を離れたとはいえ、まだまだ若いのには負けねえから」

「その時はお願いします」

益尾は言った。

5

午後七時を回った頃、紗由美の家に金武がやってきた。安里真昌も連れていた。口や鼻に絆創膏《ばんそうこう》が貼られ、痛々しい。

テーブルにはゴーヤチャンプルーやグルクンの唐揚げが並んでいた。ポークやテビチもあり、泡盛の瓶も数種類ある。

楢山と金武は、それぞれボトルを持ち、ロックで飲んでいた。益尾は楢山と金武から交互に酒を注がれていた。

紗由美はその様子を見て呆れ、節子は楽しげに目を細めている。

竜星は真昌の隣で黙々と箸を進めていた。真昌も食べようとするが、切れた口に塩が染み、思うように食べられない。

「金武ちゃん、ちょっとやりすぎじゃない？」

紗由美が言う。

「いや、やったのは俺じゃなくて、そいつ」

金武が益尾を差した。

「えっ！　何、真昌！　益尾君にかかっていったの？　あんた、ほんと、命知らずね」

紗由美が笑う。

「本当だよ。よく、益尾さんを見て、殴ろうとしたな」

竜星が言う。

「仕方ねえだろ。まさか、あの益尾さんだとは思いもしなかったんだから」

真昌はポークを少し口に入れ、また顔をしかめた。

「思い出してくれたか？」

益尾が真昌を見た。

「はい。でも、久しぶりすぎて、さっきはわからなかったです。すみません」

「いいよいいよ。僕も名前を聞くまでわからなかったから。十数年経つと変わるもんだな、お互いに」

益尾が笑った。

「益尾君、いっぱい殴っていじめたんじゃないの？」

紗由美が目を細めて、ジッと見た。

「一発だけですよ」

「そうそう。見事なカウンターフックだったよ。あれはボクシングというより、ストリートに近かったな。どこかで武者修行でもしてるのか？」

金武が訊く。

「そんなわけないでしょう」

益尾は苦笑した。

「ただ、いつ何時、暴漢に遭遇してもいいようにシミュレーションはしています」

「イメトレ通りに体が動くということか。たいしたもんだ。真昌、聞いたか？　修練というのはそういうもんだ。常に一つのことを考えて、精進すればだな、おまえも――」

「あー、わかった。わかりましたから！」

真昌はさんぴん茶を呷《あお》った。咽《む》せて、吐き出す。

「汚いな」

竜星が冷たく言った。

「仕方ねえだろ」

真昌は台布巾を取り、足下にこぼれた滴《しずく》を拭う。

「そういやあ、おまえ、渡久地《とくち》さん、やったんだって？」

「絡まれたから、仕方なく」

「気をつけろよ。渡久地さんの一番上の兄貴、あっち関係らしいから」

「あっち関係って？」

紗由美が訊く。

「その筋ってことです」

真昌が答えた。

「竜星。そういう人たちとトラブルは起こさないで」

「僕のせいじゃない。勝手にあいつらが因縁をつけてくるから、排除しただけだ。文句なら、あいつらに言ってくれ。ごちそうさま」

竜星は箸を置いて、立ち上がった。

「じゃあ、益尾さん。ゆっくりしていってください」

そう言い、部屋へ戻る。

「ちょっと、竜星！」

紗由美が呼びかけるが、竜星は部屋へ戻り、ドアを閉めた。

「もう……反抗期なのかなあ」

「十代の男の子なんて、あんなもんですよ。僕も紗由美さんと出会った頃はあんな感じだったし。相手のことは稲嶺さんも知ってますから大丈夫ですよ」

益尾が言う。

「稲嶺に任せときゃいい。もしそれでも止まらなかったら、俺が止めてやるから」

楢山が言う。

「事を大きくしないで！」

紗由美は楢山を睨んだ。

楢山は両肩を竦《すく》め、泡盛を飲んだ。

「まったく……」

紗由美がため息をつく。隣にいた節子が微笑み、肩を握った。

「そういえば、紗由美さん。コールセンターで主任をしているとか」

「そうなの。言ってなかったっけ？」

「特に、紗由美さんに仕事を訊《たず》ねる機会もなかったですから」

「それもそっか。そうなのよ。コールセンターって、なかなか人が居着かないんだ。オペレーターといっても、ほとんどは苦情処理だからね」

「あ、オレの友達の姉ちゃんも、半年で辞めましたよ」

真昌が言う。

「でしょう。若い子は特に、長続きしないの。私は接客には慣れてたからそうした苦情処理も苦にならなかったけど、若い子だけじゃなく、同い年くらいの人たちもメンタルをやられる人が多くて。気がついたら私が一番の古株になっていて、指導主任なんて肩書が付いちゃったというわけ。けど、肩書のわりには給料上がんないから、嫌になるわ」

「でも、紗由美さんが指導員というのは合ってるかも。世話好きだし」

「俺もそう思う」

楢山が深く頷く。

「また、適当なこと言ってる」

紗由美が笑った。

その距離感は、やはり長年連れ添った夫婦のそれに映る。それだけ、短期間に強烈な人生を共にしてきたということなのだろう。深い絆《きずな》を感じ、益尾は目を細めた。

「そういえば、トラブルがあったそうよ」

「聞いてますか？」

「ええ。マイノロジー・ジャパンという会社が開発中のミューズというＡＩシステムが誤作動を起こして、問い合わせが殺到したとか」

「そうです。紗由美さんのところでも、カスタマーサポートを請け負っていたんですか？」

「うちは請け負っていなかったんだけど、請け負っていたところはパンク状態だから、ヘルプを要請するかもしれないと協会から連絡が来てね。対応の準備はしていたの」

「なるほど。そんな騒ぎに……」

「益尾君、その関係でこっちに来たの？」

「はい」

益尾が頷く。

「何か知りたい情報ある？　言ってくれたら、集めとくよ」

「ありがとうございます。ただ、捜査に関わることなんで、必要があればお願いします」

「首、突っ込むんじゃねえぞ」

「楢さんとは違うから」

「どうだか」

楢山が片笑みを見せる。

と、紗由美は楢山のボトルを取り上げた。

「今日はもうおしまい！」

「まだ、半分も飲んでねえぞ！」

「もう少しくらい飲ませてあげても」

金武が言う。

紗由美は金武のボトルも取り上げた。

「金武さんも飲みすぎ！　二人とも、うっちん飲んでなさい！」

紗由美はウコン茶のボトルを出した。

「悪かったよ、紗由美様。せめて、うっちん割りで」

「ダメ！　二人とも、今日は終わり！」

紗由美は言い、ボトルを持って台所へ下がった。

楢山と金武が肩を落とす。

「おばちゃん、相変わらず怖《こ》えな」

「真昌！　何か言った？」

「いや、なんでも……」

真昌も肩をすぼめて小さくなる。

益尾と節子は、目を合わせて苦笑した。

6

早乙女直志《さおとめただし》は、東京、吉祥寺《きちじょうじ》の外れにある古びた五階建てビル四階の一室を訪れた。

呼び鈴を鳴らす。ドア脇についた監視カメラが動いた。カメラに顔を向ける。すぐにドアのロックが開いた。

中へ入る。玄関には複数の靴が乱雑に転がっていた。空いたところで靴を脱ぎ、廊下を進む。

ドアを開ける。薄暗い部屋の壁際にはスチール机が並んでいた。机にはパソコンも並んでいる。

机についている者はみな、モニターを睨み、キーボードを叩いていた。

中央のテーブルに髪の長い男がいた。早乙女は、男の向かいに座った。

「どうだ?」

声をかける。

「七割の現場で成功しましたが、一部、プログラム通りに動かないところがありました」

「原因は?」

「変圧器のファイヤーウォールが一部、変更されていました。今、新しいファイヤーウォールを突破するプログラムを作成中です」

「どのくらいかかりそうだ?」

「二ヶ月もあれば」

「急いでくれ。警察の動きはどうだ?」

「変圧器そのものを調べているようですね。ミューズからウイルスを送り込まれた可能性は見ていないようです」

「確かか?」

「はい。まあ、調べたところで警察のサイバー班ごときに見破れるとは思いませんが」

「油断はするな」

「わかってます。ウイルスを送り込んだ後、経由履歴を消すプログラムも仕込んでいますし、ダミーIPも拡散させていますので、抜かりはありません」

男は右の口角を上げた。モニターの蒼白い明かりが男の瘦《こ》けた顔を照らし出す。

「ところで、早乙女さん。そろそろ、開発資金が底を尽きそうなんですが」

「こないだ五百万振り込んだばかりだろう」

「プログラム開発は金がかかるんですよ。もう少し融通していただけませんか?」

下卑《げび》た笑みを瞳に覗かせる。

「いつまでだ?」

「一週間後にもう五百万」

「ずいぶんと吹っかけるな」

「正当な報酬と言ってもらいたいですね。日本は技術者に対する評価が低すぎる。外国だったら、この三倍は取りますよ」

「わかった。なんとかする」

「お願いしますよ。資金が滞った場合、我々も作業を中断せざるを得ない。その間に対策を打たれれば、今までの開発が無駄になるだけでなく、さらに金がかかる。もったいない話になるのはお互い、損でしかありませんからね」

男はじとっと早乙女を見やった。

「わかっている。ともかく、開発を急いでくれ」

「承知しました」

男が頭を下げた。

早乙女が立ち上がる。

「あ、そうだ。一応、申し上げておきますが」

男が顔を上げた。

「私を排除してこの計画を進めようなどとは考えないでくださいね。もし、私が不慮の事故にでも遭えば、すべては白日の下に晒《さら》されるよう手配済みです。あなたはすべてを失うことになりますから」

「心配するな。そんなことは考えていない」

「これは失礼しました。では、資金提供をよろしくお願いします」

男はテーブルの天板に額が付くほど頭を下げた。

早乙女は男を睨み、部屋を出た。

ドアが閉じ、ロックがかかる。

あの男はなんとかかせねばな……。

早乙女は宙を見据え、階段を下りた。

第二章

1

渡久地巌《いわお》は二年ぶりに沖縄へ戻ってきた。

空港に降り立った巌は、紫ラメのスリーピースに身を包み、サングラスをかけていた。バックに流した髪のサイドには金のメッシュが入っている。

見る者を威圧する姿に、周りの人々は巌から少し離れ、目を合わさないようにして道を開けた。

巌はタクシーに乗り込んだ。

「我那覇《がなは》の公民館あたりで頼む」

巌が言う。

天然パーマ頭の開襟シャツを着た若げなドライバーは、ちらちらとバックミラーを見ていた。

「豊見城《とみぐすく》の我那覇だ。知ってんだろ！」

巌は少し苛《いら》ついた口調でバックミラーを睨んだ。

「巌さんか？」

「あ？　だったら、悪いか？」

「巌さん！　オレだよ！」

ドライバーが振り向いた。

巌はサングラスの奥からじっとドライバーを見た。

「オレオレ！　孝行《たかゆき》。内間《うちま》孝行！」

「おお、孝行か！」

巌はサングラスを外して、笑顔を向けた。彫りの深い大きな左眼の横に深い古傷が延びている。

「タクシーの運転手をしてるのか？」

「ええ。さすがに遊び回ってるわけにもいかないんで。家に帰るんですか？」

「ああ」

「なら、送っていきますよ」

内間はメーターを倒さず回送にして、発進した。

「おじさんやおばさんは元気か？」

「元気元気。当分、くたばりゃしません」

内間が笑う。

「巌さん、仕事ですか？」

「休暇だ」

巌はシートにもたれ、サングラスをかけた。窓の外に目を向ける。

「東京の大きな組に入ってるんでしょ？　すげえなあ、ほんとに」

「デカい声で組なんて言うんじゃねえ。俺は会社員だ。こっちでそんな話、振りまいてんじゃねえだろうな」

バックミラー越しに睨む。

「あ、いや……」

内間は言葉を濁した。

巌はため息をつき、再び車窓に目を向けた。

渡久地巌は、県下に轟《とどろ》いたワルだった。

実家のある豊見城市我那覇には、連日のように県内の腕自慢が訪れ、巌にタイマンを挑んだ。

しかし、巌はことごとく返り討ちにした。

十数人の暴走族が巌を囲んだこともあったが、巌は圧倒的な強さでその半数を瞬く間に叩きのめし、相手の戦意を喪失させ、屈服させた。

以降、県内では逆らう者がいなくなり、周囲からは〝稀代のワル〟と称されたが、自身はワルとは思っていない。

徒党を組んだこともなければ、破壊行為やカツアゲ、強盗をしたこともない。

ただ、弟や周りの同級生たちが自分の名前を使い、そのようなことをしていたようで、噂を放置している間に首謀者とされていた。

そのことは少年課の刑事もよく知っている。しかし、彼らとしても、名前が出た者には事情を聞かねばならず、必然、巌が警察に呼ばれることが多かった。

それがまた噂となって、稀代のワルという、ありがたくもない称号を得た。

島にいづらくなった巌は、高校卒業前に沖縄を出て上京した。

当初は、知人の店でアルバイトをしながらボクシングジムに通っていた。

腕っぷしには自信がある。自分を活かすのは格闘の道しかないと思い、練習に励んだ。

三ヶ月も経った頃には、プロテストを受けても大丈夫なほどの腕前となっていた。だが、巌は当時十八歳。未成年者がプロテストを受けるには、親権者の同意がいる。

しかし、巌の父親は猛反対をした。

巌の父は元プロボクサーだった。とはいえ、たいした成績も残せず、六回戦ボーイで網膜剝離を発症し、引退を余儀なくされた。

引退後は、現役時代に受けたパンチの影響で指先にしびれが出て、まともな仕事に就けず、毎日酒を呷る日々を送っていた。

一家は母親の稼ぎでなんとか暮らせていたが、貧しさに耐え兼ね、弟の剛《つよし》と泰《やすし》はカツアゲやひったくりを繰り返していた。

巌は父親とも思っていなかったが、それでも書類上は親権者。父の許可をもらわなければ、プロテストを受けられない。

巌は何度となく沖縄に戻っては父親と話したが、ほとんどは話し合いにもならず、一方的に拒否されるだけ。

書類の偽造も考えたが、ジムの会長に止められた。

半年が経った頃、説得に出向いた巌に父は拳を振るった。

ほぼ毎日練習していた巌の体が無意識に動いた。父が放った右フックを掻《か》い潜《くぐ》り、カウンターの右フックを父の顎に打ち込んでしまった。

父の顎は砕け、救急車が出動する騒ぎとなり、巌は暴行容疑で検挙された。

暴行に関しては不起訴となったが、ジムでは、プロテスト前に暴力事件を起こしたことが問題となった。

巌は会長に迷惑をかけたくなくて、自らジムを去った。

目標を失い、アルバイトもサボりがちになり、日々ふらふらと生きていた時、ジムの元先輩に誘われ、賭博の賭け金回収の仕事を手伝うようになった。

巌は硬軟織り交ぜた手法で、多くの未回収者から全額を取り立てた。

その手腕を買われ、渋谷を根城にする波島組《はじまぐみ》の盃《さかずき》をもらうことになった。

しかし、表向きは、盃はもらわず、すぐに組を辞めたことになっている。

そして、波島組の企業舎弟である〈未来リーディング〉という会社の社員として働いていた。

未来リーディングは、観光業やイベント企画を行うと登記簿には記されている。が、実態は裏カジノを経営している企業だ。

関東一円に五十ヶ所以上の賭場を作り、収益を上げていた。

カジノといっても、ほとんどはパソコン上で賭けをするインターネットカジノだ。パソコン上のポーカーやルーレットでゲームをさせ、ポイントに応じて払い戻しをする。

ネットカジノはパソコンさえあればネットカフェを装って簡単に開帳でき、撤収もたやすい。加えて、収支の操作もしやすいことから、近年、裏カジノでは主流となっている。

巌はここで賭け金の回収と用心棒を請け負っていた。

それから十年。今では、渋谷界隈《かいわい》の裏カジノの旗艦店五店舗を任されていた。

ただ、このところ、今の生活に疲れてきていた。

裏カジノの仕事に嫌悪感はない。ギャンブルに狂うような連中は破滅すればいいと思っている。

しかし、今のままでは自分の未来がない。未来リーディングの内偵が進んでいるとの情報もある。

遠くないうちに逮捕されるか、手じまいにしくじれば殺されるか、だ。

あの時、親父がプロテストを受けさせてくれていれば……。

流れる景色を睨む。

父は五年前に死んだ。働きづめだった母親も散々苦労をさせられた父の後を追うように逝った。

過去を振り返っても仕方のないことだとわかってはいるが、あの時……と思うことが増えていた。

内間は運転しながら、ちらちらと巌の様子を見ていた。窓の外に顔を向けて押し黙っている巌が怖くてたまらない。

「あ……ああ、そうだ、巌さん」

内間は沈黙に耐えきれず、話しかけた。

「なんだ？」

サングラスの奥からバックミラーを睨む。

「ついこないだの話なんですけど、聞いてます?」

「何をだ。もったいぶらずにさっさと言え」

口調が荒くなる。

「すみません! いえね、巌さんが帰ってきたのって、その話を聞いたからなんじゃないかと思ったんですけど。泰くんがやられたんですよ」

「やられた? 誰にだ」

「竜星です。安達竜星」

「まだ、やり合ってんのか、あいつら」

巌は鼻で笑った。

「膝蹴り一発で伸《の》されたそうです」

「だろうな。泰は、竜星には敵《かな》わねえよ」

窓枠に肘を立て、頬杖をついた。

「巌さん、昔からそう言ってましたね。いつも不思議に思ってたんですけど、なんでですか?」

「竜星の親父さんを知ってるからだ」

「竜司とかって人のことですか?」

「そうだ」

巌は話しながら、竜司に会った時のことを思い返した。

竜司と会ったのは、二十年前。まだ、巌が小学六年生の頃だった。

巌は小学生の頃から、夜な夜な那覇の繁華街である松山《まつやま》をうろついていた。

一緒にいた先輩たちはカツアゲをしたり、酒を飲み回ったりしていたが、巌はもっぱら喧嘩専門だった。

夜の街を練り歩いている中高生を見つけては喧嘩を吹っ掛け、殴り倒す。それが巌にとって唯一のストレス発散法だった。

そんなある日、巌にやられた年上の連中が地元のヤクザを連れてきて、巌を取り囲んだ。

先輩たちは本物を見て、巌を捨て、その場から逃げた。

一人になった巌も、強いとはいえ小学生。本物のヤクザを前にして震えた。

すぐさま集団暴行が始まった。うずくまる巌を敵の集団は容赦なく殴って蹴った。

巌は痛みも感じなくなり、意識も朦朧としてきていた。それでも続く暴行に、このまま死ぬのか……と感じ始めた時だった。

突然、悲鳴が聞こえ、一人、また一人と取り囲んでいた敵が地面に沈んでいった。

巌は顔を上げた。

「大丈夫か？」

精悍《せいかん》な顔つきの男が巌に微笑みかけた。

男の後ろから敵が襲いかかってきた。巌は男の背後に目を向けた。

と、男は巌を見たまま、右肘を振った。肘は後ろから迫ってきた敵の顔面に食い込んだ。

男は巌の手を握って立たせた。

巌は男の前に立った。が、再び男の背後を見て、蒼ざめた。

敵が連れてきたヤクザが仲間を呼んでいた。本物の殺気が男と巌を取り囲んだ。

巌は泣きそうだった。膝がガクガクと震え、失禁しそうだ。

が、男は笑っていた。

「心配するな」

そう言い、振り返る。

途端、逆三角形の広い背中から数多《あまた》の敵を凌駕《りょうが》するとてつもない殺気が立ち上った。

敵が怯む様があからさまに見て取れた。

数人がナイフを出す。それでも男はぴくりとも動揺しない。

虚勢を張っているわけでもなく、無理をしているのでもなく、自然体で相手を威嚇している。

まるで、自分の前に百獣の王が立っているようだった。

そこに金武がやってきた。糸満で空手の道場を開いている金武のことは知っていた。

「竜司さん、どうしたんですか？」

金武が敬語を使う。

「ああ、マンゴーを得意先に届けに来た帰りなんだがな。こいつらがよってたかって子供をいじめてたんで、つい、な」

竜司と呼ばれた男が言う。

金武は巌を見た。

「巌じゃねえか。何やってんだ?」

金武に睨まれ、身が強張《こわば》った。

「知り合いか?」

「はい。渡久地のところの長男で、悪ガキですよ」

「悪ガキか。そうは見えんがな」

竜司は少し後ろを振り返り、目を細めた。

「竜司さんからすれば、誰もワルには見えないでしょうよ。どうします?」

金武が竜司と並ぶ。

敵はますます怯み、後退《あとじさ》りをした。

「こんな連中とやり合うことはないでしょう」

金武は言い、一歩前に出た。

「おい、おまえら、この人のことを知っていて喧嘩売ってんのか?」

「なんだ、金武。邪魔するな！」

真ん中にいたヤクザが怒鳴る。

金武は苦笑した。

「バカやろう。おまえらのことを思って言ってんだ。この人に手を出したら、おまえら、組ごといかれるぞ」

「ふざけんな！」

「ふざけてねえって。この人、影野《かげの》竜司さんなんだから」

金武が言う。

途端に目の前の本物たちが色を失った。

「おまえらも知ってるだろ。もぐらの話を」

「マジか……」

「大マジだ。死にたくなかったら、本当にやめとけ」

金武は言った。

さっきまで牙を剝《む》いていたヤクザが眉尻を下げた。

「影野さんとは知らず、すみませんでした」

頭を下げる。周りにいた連中も深々と腰を折った。

そのまま振り返り、去ろうとする。

「おい」

竜司が声をかけた。

ヤクザたちがびくっとして立ち止まる。

「おまえらがしのぎをする分にはかまわない。だが、年端もいかない子供を集団で暴行するような真似はするな。また同じようなことをしていると耳に入ったら、おまえらを全力で潰す。わかったな」

「すみませんでした！」

ヤクザたちは再び頭を下げ、一目散に逃げていった。

「あいつら、座間味《ざまみ》のところの若い連中です。俺から言っときましょうか？」

金武が訊く。

「いいよ。たいしたことはない」

竜司は笑って、巌を見た。

そして、軽くげんこつで頭を叩いた。

巌は顔をしかめ、頭頂を両手で押さえた。

「坊主。喧嘩《けんか》するなとは言わんが」

竜司は屈んで、巌の二の腕を握った。

「ちゃんと生きろ」

そう言って微笑み、巌の二の腕をパンと叩いた。

「金武、こいつの家は知っているのか？」

「はい」

「送ってやれ」

「わかりました。行くぞ、巌」

金武に言われ、巌は歩き出した。

振り返る。

金武と巌を見つめ微笑む竜司の姿は、恐しくも深い慈愛に満ちた神のように映った――。

「ちゃんと生きろ……か」

巌はぼそりと呟いた。

「何か言いました？」

内間が訊く。

「いや……」

「そんなにすごかったんですか、竜星の親父さんは？」

「ああ。これまで出会ったどの男よりもすごかった。そんな人の遺伝子を継いでるんだ。うちのボンクラが敵うはずもねえ」

巌が言う。

「喧嘩に遺伝子なんて関係あるんですかね？」

「喧嘩はセンスだからな。強くなればなるほど、素質が大事になってくる。泰も弱《よえ》えとは言わねえが、竜星は無理だ」

「巌さんが言うんだから、そうなんでしょうね。着きましたよ」

タクシーが公民館の前で停まった。ドアが開く。

「いくらだ？」

「代金はいいですよ」

「ダメだ。これはおまえの仕事だろう。ちゃんと金を取れ」

巌は内ポケットの長財布から一万円札を出し、トレーに置いた。

「じゃあ、三千円くらいで計算させてもらいます」

「いいから、取っとけ。釣りはチップだ」

「ありがとうございます！」

内間が頭を下げた。

「がんばれよ」

巌はタクシーを降りた。

ドアが閉まり、タクシーが去っていく。

俺は孝行よりちゃんと生きてねえのかもしれねえな……。

テールランプを見送り、背を向けた。

2

未来リーディングの本社オフィスは、西新宿の高層ビルの十四階フロアにあった。

入口はガラス張りのドアで、入ってすぐに会社のロゴを配した半円形の受付カウンターがある。

そこにはバスガイドのような制服を着た受付の女性社員がいて、若手ベンチャー企業のような風情だ。

カウンター裏はオフィスとなっている。オープンフロアで、白いデスクとパソコンが並んでいる。デスクにはラフだがこざっぱりとした服装の男女が居並び、モニターと睨めっこをしている。

向かって左の奥にはドアで間仕切りされた役員室がある。ドアの先はフロアとは違い静かで、手前に応接室、その奥に社長室がある。

社長室のドアを開けると、二十畳ほどの部屋が現れる。奥には大きな執務机があり、その背後には波島組の代紋を模した社章の旗と日本刀が飾られている。手前には黒革貼りのソファーの応接セットが鎮座する。

重厚な趣の漂う部屋だった。

ソファーには、社長の竹原克友《たけはらかつとも》が座っていた。細身でスーツの似合う好紳士風の男だ。軽く後ろに流し、耳元や襟足を整えた髪型も好感が持てる。

大きな両眼にきりりとした眉も、できるビジネスマンを演出する。口調も穏やかで、トーンの少し高い声色に威圧感はない。

竹原の前には早乙女がいた。

竹原とは何度も会っている。周りは確かにそれふうの人間が多いが、会うたびに、竹原自身が本当にヤクザ者なのか……と疑ってしまう。知らなければ、本当にただのビジネスマンと思うだろう。

そのくらい物腰柔らかい雰囲気をまとっている。

「早乙女さん。計画は順調ですか？」

「ええ、まあ……」

言葉を濁し、うつむく。

竹原は微笑んだ。

「困りごとがあるようですね」

心中を察し、言葉を投げかける。

こうしたところが頼もしくもあり、怖くもある。

竹原はいつも微笑んでいるが、その目の奥ですべてを見透かされているような畏怖を覚える。

「なんでもおっしゃってください。協力させていただきますので」

竹原が促した。

「実は……進捗はおおむね順調なんですが、少々厄介な人物がスタッフの中にいまして」

「円谷《つぶらや》君ですか?」

竹原が言う。

早乙女は竹原に顔を向けた。

「なぜ、それを……」

「今回、こちらから依頼した仕事の推移は、ずっと早乙女さんから伺っています。その時々の問題点も。それらから類推すると、おそらくトラブルメーカーになっているのは円谷君だろうなと見当がついただけです。間違っても、早乙女さんの会社やNPO法人を調べているというわけではありませんから、ご心配なく」

竹原は笑みを崩さない。

にわかには信じがたい。しかし、竹原を見ていると、その言動がすっと胸元に落ちてくる。

竹原と知り合って、十年になる。

当時、早乙女は、三十代の引きこもりを支援するNPO団体〈あかり〉を運営していた。

それは早乙女自身の経験に由来する。

早乙女の父は、元警視総監・早乙女義光《よしみつ》だった。早乙女は父を誇りに思い、父の後を継ぐべく、警察官になると決め、勉強に勤《いそ》しんでいた。

ところが、二十年前、自慢の父は過去の冤罪《えんざい》事件で犯した自白強要や証拠捏造《ねつぞう》の責任を追及され失脚。懲罰委員会にもかけられ、懲戒免職となり、すべてを失った。

当時十七歳だった早乙女は、目指していた標《しるべ》を失った。それでも自分の人生を切り拓こうとしたが、警視総監の疑獄は格好のマスコミネタとなり、父だけでなく、家族のプライベートまで根掘り葉掘り調べられ、世に晒された。

早乙女は世間で居場所を失い、不登校となって、家に籠もるようになった。

まもなく家も失うが、売った金で北関東の外れに戸建てを購入し、移り住んだ。

父は懲戒免職となったが、元警視総監の肩書は伊達《だて》ではなく、それなりの仕事はあった。また、六十歳を過ぎた後は年金も支給された。家族は父の稼ぎと年金で細々と生活をしていた。

その父も十二年前に亡くなった。心労を負った母も、早乙女の父が死んだ翌年に息を引き取った。

独りになった早乙女は、両親が遺《のこ》した蓄えで引きこもり生活を続けていたが、三十手前でその蓄えも底を尽き始めた。

働かなければいけない。

頭ではわかっていた。しかし、十七の時から数えて、十年以上、家から出ない生活をしていた早乙女にとって、外の社会へ踏み出すのはハードルが高い。

どうすべきか……悩んでいた時、時折、様子を見に来てくれていた町役場の福祉課の職員から、移住者対策として引きこもり支援をしたいので手伝ってほしいとの話があった。

話は簡単だった。

早乙女の家を開放して引きこもりに悩む青年たちと共同生活をし、町の仕事を手伝わせ、自立支援をするというものだった。

早乙女は躊躇《ちゅうちょ》したが、それが自分の自立の一歩にもなるならと考え、引き受けた。

早乙女は町からの要請で、NPO法人を設立した。町がNPO法人に協力し、補助を出すという形にしたかったようだ。

町の事業となると申請が難しい、との話だったが、早乙女にはわかっていた。

町が責任を取らないための方策だ。

仮に失敗しても、それは早乙女の事業が失敗しただけのこと。町からの補助金も簡単に打ち切れる。

試してみて結果が良ければ、町の事業に昇格。ダメなら打ち切り。手前勝手な行政論理がそこかしこに透けて見えていた。

それでも早乙女は引き受けた。何もしないよりはマシだった。

法人名を〈あかり〉と命名した。

長い間、薄暗い場所で生きてきた。この一歩が自分のこれから先の人生に明かりを灯してくれれば――。切実な願いだった。

はたして、事業は始まった。

初めは三人の男性が、早乙女のところへやってきた。

それが今、早乙女が経営しているソフトウェアの開発・運営を手がける〈天使のはしご〉で中心的な役割を果たしている円谷公紀《こうき》や倉吉匡《くらよしただし》との出会いだった。

早乙女は、町の担当者と話し合い、パソコンが得意だった円谷や倉吉と共に、簡単な町の行政文書の作成を手伝ったり、町の人たちへのパソコン教室などを始めた。

滑り出しは順調だった。町のＩＴインフラも整い、家に籠もりがちの高齢者からの評判も良かったため、町は二弾、三弾と引きこもりの若者を集め、早乙女のＮＰＯ団体に受け入れた者たちを送り込んだ。

早乙女と町の取り組みは一部で評判になり、都内の会合で挨拶をすることになった。

その会場で、竹原と出会った。

出会った頃は、今より少し尖《とが》った印象があったものの、若くして起業した野心あふれる青年実業家にしか見えなかった。

名刺交換をして二週間後、竹原から連絡があった。

共同で事業に取り組みたいという。願ってもない申し出だった。

さっそく、未来リーディングのオフィスに赴いた。

都会の洗練されたオフィスの雰囲気に圧倒されつつ、社長室に通される。

そこで、竹原の真の姿を見せられた。

早乙女は当初、ヤクザと手を組む気などなかった。

腐っても元警視総監の息子で、自分も警察官を目指していた人間だ。反社会勢力と手を組むなど、もってのほかだった。

しかし、竹原は交渉材料を用意していた。

父のことだ。

竹原は早乙女の身辺を調べ上げていた。そして、こう持ちかけた。

『親父さんの無念を晴らしたくはないのですか？』

それは早乙女にとって、心を揺さぶられる言葉だった。

生前、父は常に言っていた。

『確かに間違いもあった。だが、それ以上に、他の者では手に負えない犯罪者たちを駆逐してきた。私は社会正義に貢献したのだ。しかし、たった一つの過ちでこのザマだ。やりきれんよな』

早乙女も同じ気持ちを持っていた。

父が家も顧みず、休みも取らず、捜査に従事していた姿を知っている。

人生のすべてを警察に捧げた人だ。父を尊敬すると言っていた警察関係者も大勢いた。

だが、過去の過ちが露見した途端、父をもてはやしていたほとんどの者が手のひらを返し、父を非難しはじめた。

家族ぐるみで付き合っていた人たちが、母や早乙女にまで、心ない言葉を浴びせることもあった。

母は心を病んだ。

早乙女は人が信じられなくなった。

思春期に肌身に刻まれた思いは、三十路《みそじ》を前にした当時も消えていなかった。

竹原の言葉は、胸の奥底にある憤りに火を点けた。

竹原は、町の行政データにアクセスできる利点を活かし、内部情報を集める仕事をしてほしいと言った。

つまり、行政の秘密を集めろということだ。

竹原はヤクザ。その使い道は、自ずと察せられるものがある。

町役場の職員はともかく、町議会議員や外郭団体幹部にはろくでもない連中もいる。そういう者から金を巻き上げることに抵抗はない。

むしろ、それを引きこもってきた仲間や社会に還元することは善にも思える。

円谷や倉吉ら、早乙女の下に集まってきた引きこもりたちも、それぞれの事情はあるものの、社会に絶望した者たちだった。

話を持ち帰って、起ち上げ当初から共に過ごしてきた円谷と倉吉に相談した。

彼らは一も二もなく引き受けると言った。

彼らもまた、社会に一矢報いたい人間だ。今思えば、それも当然の反応だった。

さっそく、円谷は他のパソコン担当の仲間たちに声をかけ、職員のＩＤを使ってハッキングを始めた。

行政のセキュリティーは思った以上に甘い。ただ、それは彼らだけのせいではない。

本来、情報の管理には多くの資金を割《さ》くべきなのだが、使用しているパソコンは古く、セキュリティーを最新のものにできないこともある。

また、年配の管理職や町議会議員は情報を紙で管理してきた世代だからか、デジタル化への抵抗も大きく、セキュリティーの脆弱《ぜいじゃく》性に対する危機感を有していないため、十分な予算を充《あ》てないことが多かった。

おかげで、いったん入ってしまえば、役所内のネットワークを使って、秘密文書から事業計画、予算案まで情報は取り放題だった。

円谷たちは、ありとあらゆる情報を入手した。目的はない。情報を抜き取ること自体を楽しんでいるようだった。

早乙女は、集めた情報の中から談合や資金の不正流用に関しての情報を精査し、竹原に渡した。

竹原はその情報を元に、当該者に脅しをかけ、何億もの金を稼いだ。

当然、その何割かは早乙女たちの手元に入ってきた。その資金を元手に、早乙女は円谷たちと〈天使のはしご〉を起ち上げた。

早乙女は竹原と共に、積極的に経済界や政治家の会合に出て人脈を広げ、官公庁にソフトウェアを納入する仕事を取っていった。

そして、入り込んだ役所から情報を抜き出し、竹原たちに〝有効利用〟してもらった。

そうした蜜月関係が続く中、早乙女の懐も潤ってきた。

早乙女は、かつて売りに出した港区の生家を買い戻した。内装はずいぶんと変えられていたが、それも記憶の限り、元に戻した。

感無量だった。

リベンジの一つを果たしたように感じた。

早乙女は生家を買い戻すと同時に、拠点を都内に移した。円谷たちの希望で、オフィスは吉祥寺に置いた。

しかし、五年も過ぎたあたりから、早乙女の悩みは深くなった。

勢い、竹原の申し出を受け入れ、行政に巣くう悪の芽を金に変えてきた。

それはそれで痛快だったが、そろそろまともな道に戻りたかった。

情報を渡した後、竹原たちが何をしているのか、知らされていなかった。訊けば答えてくれるのだろう。が、おおよそ想像は付くだけに、逃げ道は作っておきたかった。

だが、なかなか手は切れない。

円谷たちは、行政機関へハッキングをかける仕事を楽しんでいた。

何より、下手に手を切ろうとすれば、竹原がどう動くか、わからない。

表向きをどう繕おうが、その奥に潜むのはヤクザの顔だ。

正直、怖い。

関係を断つ手はずを思案していた時、竹原から新たな申し出があった。

仲井啓之という男が大手ゼネコンと共同で開発している〝ミューズ〟というスマートシティのシステムを破壊してほしいという依頼だ。

竹原が行政関係以外の仕事を頼んできたのは初めてだった。

決別するのは、この瞬間しかなかったのかもしれない。しかし、早乙女は決断できなかった。

そして、円谷たちにミューズを破壊し、スマートシティ計画を潰すためのプログラム制作を命じた。

早乙女は万が一のことを考え、円谷を後任に据え、〈天使のはしご〉の経営陣から退き、竹原と円谷たちの仲介を務め、自分はあくまでもNPO法人の代表者という顔を作った。

それは竹原の提案でもあった。

単純な話だ。

もし、不正プログラムの件が露呈した時は、すべての責任を円谷たちに被《かぶ》せ、口封じをすればいいだけのこと。

その後、再び〈あかり〉から人選して新会社を作り、同様の仕事を続ければいい。

早乙女は仲間を裏切るようで躊躇したが、失敗しなければ、そのまま円谷たちも仕事を続けられる。しかも、早乙女が退く分、彼らの取り分も多くなる。

共に引きこもりからの人生を切り拓いてきた仲間として、彼らを自立させるにあたり、良い餞別《せんべつ》にもなる。と、自分に言い聞かせ、現在の体制を取った。

仕事は順調に推移した。そして、円谷たちのプログラムは、見事にミューズを誤作動させ、試験的なスマートシティを破壊した。

それはよかった。

問題は、円谷の言動だった。

不正プログラムの完成が近づいてくると、円谷はなんだかんだと理由を付け、開発資金を吊り上げるようになった。

一時は、早乙女と円谷の間で話を付けようとした。

が、円谷はこれまでの早乙女と竹原の関係、竹原と組んで進めた数々の仕事の詳細など、将来爆弾となる情報を溜めていた。

しかも、それを早乙女たちが手を出せない場所に隠していた。

竹原にその事実を報《しら》せれば、どう出るかわからない。

早乙女はなんとか自分の手で穏便に済ませようと思い、円谷が要求してきた開発資金を手渡していた。

だが、度重なる要求で、早乙女の蓄えも心許なくなってきた。このままでは、早乙女自身が再び破綻する。

取り戻した生活を失いたくはない。二度と負け犬にはなりたくなかった。

『早乙女さん。なんでも相談してください』

竹原は優しく声をかけた。

頼ってはいけない……と、早乙女の心が呟く。一方で、その竹原の柔らかい言葉が胸の奥に落ちてくる。

早乙女は逡巡《しゅんじゅん》したが、口を開いた。

これまでの経緯を話す。一度話し始めると止まらなくなった。

竹原も面倒な相手だが、今は円谷の方が厄介ということか……。

早乙女は自分の気持ちを確認しつつ、話を終えた。

「それは困りましたね。いや、これまで早乙女さんに心労をかけて申し訳ありませんでした」

竹原は両手を膝に置き、上体を傾けた。

「いえ、私の方こそ、これまで黙っていてすみませんでした」

あわてて返す。

竹原はゆっくりと頭を起こした。

「ご心配なく。開発資金の追加は、うちの方で用意します。うちの仕事ですから」

「いや、それでは申し訳ない」

「いいんですよ。私と早乙女さんの仲じゃありませんか」

竹原は満面の笑みを浮かべた。

「それと、円谷君の件も、私に任せてください」

竹原は早乙女を見つめた。

「きっちりと話は付けますので」

竹原の双眸が、一瞬鋭さを滲ませた。

「よ……よろしくお願いします」

早乙女はそう答えるしかなかった。

3

益尾は警視庁に戻り、集めた情報を精査していた。

自宅の失火で死亡したマイノロジー・ジャパンの仲井啓之の交友関係は広い。

同業のＩＴベンチャー関係者のみならず、街の商店主から大企業の幹部社員、政治家、公務員に至るまで、実に様々な人々と付き合っていた。

仕事熱心で理想に向かう若手経営者として、知人らの評判はおおむね良かった。

しかし、出る杭でもある仲井には敵も多かった。

特に、スマートシティ構築の心臓ともいえるスマートハウスの基本システムの開発は、次世代の稼ぎ頭となる分野だけに水面下の競争も激しい。

そんな中、マイノロジー・ジャパンは大手家電メーカー〈マッシバ〉と大手ディベロッパー〈青葉建設〉が共同で開発を進めているスマートシティの基本ＩｏＴシステム〝ミューズ〟の開発を請け負った。

同業他社の反応は様々だった。

この機に仲井に協力して漁夫の利を得ようとする者もいれば、反発して協力を断る同業他社もいた。

　仲井は周囲の雑音をよそに開発を続け、ミューズは実用試験を始めていた。うまくいけば、三年以内に空き家の目立つ郊外の住宅地を三社で再開発する予定だった。

「うーん……やはり、同業のトラブルかなあ」

　益尾はタブレットで資料を見返しながら、モニターを睨んだ。

　そこに若い刑事が歩み寄ってきた。益尾の部下の甲田《こうだ》だ。タブレットを手にしている。

「主任、プログラム解析の途中結果が出ました」

　そう言い、益尾の隣席の空いた椅子を引き寄せ、座った。

　益尾はタブレットをデスクに置き、ノートパソコンを起動した。

「P－303です」

　甲田が番号を伝える。

　益尾はその番号のPDFファイルを開いた。スクロールして素早く目を通していく。その手が止まった。

「ミューズから変圧器に不正プログラムが流されたのか？」

「その痕跡が見つかったようですね」

　甲田は手元のタブレットで中間報告書を見ながら頷いた。

　解析班の報告では、当初、変圧器に時限プログラムが仕組まれていたと思われていたが、マイノロジー・ジャパンのスマートハウスに関係していない同社の変圧器のプログラムからはウイルスは発見されなかった。

　そこでミューズ自身のプログラムを解析したところ、改変されたような痕跡が見つかったということだった。

「消失する時限プログラムのようですね。プログラムの中身はまだわかっていませんが、先日、ミューズが管理するスマートハウスが地域に関係なくランダムで暴走した点から、ミューズを中心にウイルスが起動したと考える方が妥当だろうとのことです」

「つまり、ミューズに仕込まれていたウイルスが変圧器、もしくは建物内の分電盤を暴走させたということか？」

「そういうことになりますね」

「そんなことができるのか……？」

　益尾が首を傾《かし》げる。

「マルウェアを感染させたIoT機器は出回っています。主にDDoS攻撃に使われますが、その方式を発展させてIoT機器に仕込んだウイルスを別のシステムに感染させ、時限的に起動させるということは理論的に可能です。いえ、今までサーバーダウンを目的としていたDDoS攻撃に重点を置いていましたが、今後、こうした攻撃が実行されることも視野に入れた方がいいのでしょう」

甲田が言う。

甲田は有名大学の工学部を出て、大手ＩＴ企業でサイバーセキュリティーシステムの開発に携わり、そこから警視庁に入庁した異色の経歴を持つ捜査員だ。

専門家の言葉だけに、その意見は重い。

「しかし、変圧器や分電盤のパスワードは初期値じゃないだろう？　どうやって、アクセスするんだ？」

「解析された可能性があります」

「解析？　ウイルス自身がか？」

「正確に言うと、ＩｏＴ機器に繋《つな》がったネットワークを介して、どこかで解析させるという指示を出したという流れでしょうか。ＩｏＴ機器は常にネットワークに繋がっています。なので、侵入できれば、双方向通信も可能です。その痕跡も多少見え隠れしています」

「大規模だな」

「少なくとも、個人ではできないでしょう」

甲田は言を強めた。

「植木《うえき》さん」

益尾は声をかけた。

「はい」

二つ先の列のデスクに座り背を向けていた小柄な中年男性が椅子ごと振り向いた。

「マイノロジー・ジャパン、仲井啓之個人と反目している組織の割り出しはどうですか?」

「ああ、途中ですが、送ります」

植木は再び背を向け、マウスを操作した。

すぐさま、添付ファイルのついたメールが益尾と甲田に届く。二人はさっそく添付ファイルを開いた。

エクセル形式の図表には、いくつかの会社名が挙がっていた。

植木がタブレットを手に益尾のデスク前に歩み寄る。甲田は空いた椅子を見つけ、植木の前に出した。

植木は微笑み、椅子に座った。おもむろに口を開く。

「まだ関連づけはできていませんが、マツシバや青葉建設と争っている会社から、仲井個人と反目していそうな会社までを並べています」

そう言い、自分のタブレットの画面を指でスクロールした。

「その中でも、ちょっと気になる会社がありましてですね。二ページ目の三行目と四行目です」

植木が指を止める。

益尾と甲田もその項目を表示した。

「この〝天使のはしご〟、〝未来リーディング〟という二社ですか？」

益尾が訊く。

「そうです。まず、天使のはしごですが、その前代表は早乙女直志という男です。その早乙女の親父さんは、元警視総監の早乙女義光です」

「ああ、過去の冤罪事件で地位を追われた人ですね」

益尾が言う。

植木は頷いた。

早乙女義光のことは、瀬田登志男副総監から聞かされたことがあった。早乙女を引きずり下ろしたのは、竜司と楢山だったという話も。

「警察への恨みで、こんなことをしたというんですか？」

甲田が言う。

「そりゃ、短絡すぎる」

植木が笑った。

「まあ、親の恨みを晴らそうってのはわからんでもないが、それであれば、警察のシステムを攻撃するだろう」

「それはそうですね」

甲田が小さく首を縦に振った。

「問題は、この天使のはしごに資金提供をしている未来リーディングです。ここの代表の竹原克友は元波島組の組員で、今も企業舎弟ではないかと見られています」

「なるほど」

益尾が頷く。

「暴力団と今回のシステム破壊に関係が？」

甲田が腑《ふ》に落ちない様子で首を傾けた。

益尾は甲田に顔を向けた。

「スマートハウスのＩｏＴシステムに参入するというのは、建設業に参入するのと同意だ。建設関係は大金が動く。仲井が竹原の参入を拒んだとすれば、壊しにかかる。ヤクザらしい手法ですね」

益尾が植木を見た。

植木は微笑み、頷いた。

「そういうことですか。では、この竹原が首謀者ということですか？」

甲田が訊く。

「それも一つの有力な筋ということだよ。植木さん、組対《そたい》に協力を仰いで、ちょっと探ってみてください」

「承知しました」

植木がゆっくりと立ち上がる。

「甲田君、ミューズからの逆感染という線はいい見立てだと思う。その線を重点的に解析してくれるかな」

「わかりました」

甲田も立ち上がった。

益尾は二人を見送り、視線をモニターに向け、植木が指摘した二社の名前を静かに見据えた。

4

「よし、今日はここまで！」

金武の声が道場に響く。

弟子たちは一列に横に並び、金武と榴山に向かって一礼した。

それぞれが道着を脱ぎ、タオルで汗を拭いたり、服に着替えたりしはじめる。

金武と榴山は道場の隅に座り込み、弟子たちを眺めつつ話をしていた。

と、安里真昌が着替えもせず、歩み寄ってきた。

「榴山さん、金武先生、ちょっといいですか」

「なんだ、改まって。まあ、座れ」

楢山は指で右隣をつついた。

真昌は会釈し、座って胡坐《あぐら》をかいた。

「どうした？」

楢山が訊く。金武も真昌を見た。

「実は……。今日ちょっと、学校で嫌な噂を聞いたんです。渡久地の一番上の兄貴、巌さんが島に戻ってきたって」

「戻ってきたんか、あいつ」

金武が言う。

「そうらしいです。で、こないだ竜星にやられた泰さんが、渡久地三兄弟で竜星を潰すと息巻いてるらしいんですよ。竜星も泰さんには負けないだろうけど、巌さんや剛さんが出てきたら、ただじゃ済まないんじゃないかなと思って」

真昌は組んだ脚を握った。

と、金武が笑った。

「剛はともかく、巌が竜星に手を出すことはないさ」

「絶対ですか？」

金武を見やる。

「ああ、巌はない。あいつはよくケンカはしてたが、弱いヤツを相手にしたことは一度もない」

「巌ってのは、渡久地巌か？」

　楢山が金武に訊く。

「そうです。楢さん、知ってましたっけ？」

「会ったことはないが、名前は知っている。ヤクザだろう？」

　楢山が言う。

「本人は会社員だと言ってますが」

「巌が勤めているというその会社ってのが、波島組の企業舎弟だ。ヤクザは信用できねえぞ」

「大丈夫です。あいつ、竜司さんを知ってるんですよ」

「竜司を？」

「ええ。松山にマンゴーを届けに行った時、地元のヤクザに袋叩きにされていた巌を助けてやったことがあるんですよ。竜司さん、圧倒的な強さで相手を制してですね。巌も竜司さんにコツンとやられて、渋い顔をしてました。でも、それ以降は夜の松山でふらふらすることもなくなりました。真面目に勉強していたわけではないですけどね。少なくとも、つまらない粋がり方はしなくなりましたよ」

金武が思い出しながら微笑む。

「そうか。竜司を知ってるなら、大丈夫だな」

楢山は腕を組み、何度も頷いた。

「竜司って、竜星の親父さんのことですか?」

真昌の問いに、二人が首肯する。

「でも、死んでるんですよね。巌さんが死人にビビるとは思わないんですけど」

「ビビるわけじゃねえ。竜司は、関わったヤツに生き様を刷り込んじまうんだ」

「なんですか、それ?」

真昌は楢山を見た。

「竜司は真っ直ぐなヤツでな。ここぞってところでは、自分の前にどんな壁があろうと真正面から突っ込んでいった。まあ、そのせいでくたばっちまったがな。ただ、あいつは一度たりとも自分の権威や名声のために戦ったことはなかった」

「なんのために戦ったんです?」

「守るためだ」

楢山が真昌を真っ直ぐ見つめる。

「大事なものを守るために戦い、そのためだけに命を賭した。きれい事に聞こえるかもしれんが、竜司はそれをやり通した。そういう人間もいるんだ、この世の中にはな。渡久地巌は竜司に接した。竜司の戦いを見た。あいつの戦いを見た者は、その生き様を刻み込まれる。ヤツの中にも、竜司の生き様はきっとどこかでくすぶっているだろうよ。真昌、おまえも大事な何かを守るために強くなれ」

楢山は微笑んだ。

真昌はうつむいた。思わず、拳に力がこもる。胸が熱くなった。

金武が真昌に顔を向けた。

「まあ、巌は大丈夫だろうが、剛はわからないな。真昌、何かあったらすぐ俺たちに報せろ。間違っても、自分や竜星だけでなんとかしようとするんじゃねえぞ。戦うというのは、何にでも向かっていくことじゃない。自分の力量を知り、敵わないと思ったら退いたり、助けを求めたりすることもまた強さ。それが真の〝戦う〟ということだ。わかったな」

「はい」

真昌が強く首を縦に振る。

金武と楢山は互いに見やり、笑みを浮かべた。

5

渡久地泰は、仲間や先輩が集うスナックにいた。カウンターの端で不機嫌そうな顔をして泡盛を呷っている。

仲間たちはボックス席から遠巻きに泰の様子を見ていた。

「気に入らねえ……」

泰は前を見つめ、泡盛をストレートで飲んだ。滴が口辺から垂れるが気にもしない。空いたグラスに酒を注ぐ。

カウンターの中の女の子が、見かねて声をかける。

「機嫌が悪いのはわかるけど、飲み過ぎだよ」

「かしましい！」

泰は手にしていたグラスを厨房に投げた。背後の壁に並べていた泡盛の瓶とグラスが砕け、音を立てて飛び散る。

女の子は悲鳴を上げて、身を竦めた。

店内の空気がぴりっと緊張する。

ドアが開いた。

泰や仲間たちがドア口に目を向けた。

入ってきたのは、渡久地家の次男、剛だった。大きい目をぎょろりと剝いて、店内を見回す。開襟シャツから覗く胸元には、斜めに大きな傷の痕があった。

「おい、泰。また、暴れたな」

笑みを浮かべ、奥へ入ってくる。

「ここは俺のダチの店だから壊すなと、何度も言ってるだろうが」

剛は弟を睨みながら、隣に座った。カウンターに置いてあった泡盛の瓶を取り、キャップを開けてそのまま呷る。

泰は顔を横に向けたままだ。剛は泰の顔を覗き込んだ。左目の周りに痣《あざ》ができていた。

「どうしたんだ?」

剛が訊くと、泰はさらに顔を背ける。

「兄貴にやられたか?」

剛が言う。泰の目尻がピクッと揺れた。

「兄貴に言っても無駄だと言っただろうが」

剛は苦笑した。

泰は顔を上げた。左瞼《まぶた》は塞がりそうなほど膨らんでいた。

「なんで、兄弟《ちょーでー》なのに、竜星をやってくれねえんだよ。巌にーなら、竜星なんざワンパンで――」

「だから、何度も言ってるだろう。兄貴は、タイマンには口を挟まないんだ。やられて悔しかったら、己の力でやり返す。何の影響か知らねえが、昔っから、それしか言わねえ。おまえも知ってんだろうよ」

「知ってるけどさー。俺がここまでやられるってのは、巌の恥でもあるんだぞ」

「バカ言え。おまえが弱いだけだ。一緒にするんじゃねえ」

剛がにべもないことを口にする。

泰はカウンターに両腕を置き、うなだれる。

泰は竜星に一方的にやられたことがあまりに悔しくて、帰郷した巌にひと脅ししてくれるよう頼んだ。

が、逆に巌に説教されたあげく、殴られた。それが左目の傷だった。

なんとしても、竜星に一矢を報いたい。が、二度、三度と圧倒的な力の差を見せつけられ、八方塞がりだった。

泰がまた、苛ついた表情で酒瓶を握る。

「とはいえ――」

剛は泰の肩に手をかけた。

「確かに、そのままやられっぱなしってのは、渡久地の名折れでもある」

泰の肩を強く握る。

泰は酒瓶から手を離し、剛を見やった。

「一発やれりゃあ、それでいいんだろ?」

剛は泰の顔を覗き込んだ。

泰が頷く。

「わかった。俺が手配してやるよ」

「ほんとか？」

「俺がおまえに嘘を吐《つ》いたことはねえだろ。その代わり、兄貴が東京へ戻ってからな。兄貴がこっちにいると、また口を出してくるからよ。それまでおとなしくしてろ。それと、竜星とのやり合いは、今回の一発で終わらせろ」

「なんでだよ？」

「あいつのところは面倒なんだ。親戚か何か知らんが、あいつのところにいる楢山というのは県警本部と通じているし、糸満の金武とも親しい。竜星一匹はたいしたことねえが、そのあたりが出張《でば》ってくると、兄貴に殴られる程度じゃ済まねえぞ」

「警察も金武もジョートーさ」

泰が粋がる。

剛は空いた手で拳骨を一つ食らわした。

泰は顔をしかめ、頭頂をさすった。

「噛みつく相手を間違ってると、本当の痛い目に遭うぞ」

剛はひと睨みし、泰の肩から手を離し、上体を起こした。

「ということだ。わかったら、さっさと片付けを手伝え」

厨房に目を向ける。

「なんで、俺が……」

「おまえがやったんだろうが。さっさとやれ！　てめえらもだ！」

剛はボックス席にいた泰の仲間にも顔を向けた。

泰の仲間は一斉に立ち上がり、厨房へ駆け込んだ。

「おまえも早くしろ」

剛が泰の座っている椅子の脚を蹴る。

泰は揺らいで椅子から降り、渋々厨房へ向かった。

剛は酒を呷りつつ、厨房で掃除する泰とその仲間を見つめ、にやりとした。

6

午後九時を回った頃、円谷と倉吉は早乙女に呼び出され、早乙女が用意したハイヤーの後部座席に乗っていた。

運転手は壮年の男性だった。が、行き先は告げられていない。

倉吉がバックミラーを見ながら、円谷に身を寄せた。

「どこに行くんですかね？」

小声で訊く。

円谷は答えず、車窓に流れる夜の街を見つめていた。

ハイヤーは甲州街道を西へ向かい、どんどん都心から離れていった。日野バイパスを越えてさらに西進し、都道516号線を進む。

次第に視界から民家が消えていき、道の両端にも暗闇が広がった。

ハイヤーは中央本線をまたいで中央自動車道を横切り、北西方向に走った。

真っ暗な山の中に入っていく。

一時間強走ったハイヤーは、舗装道を右折し、林道を上っていった。裏高尾町の明かりも届かないほどの山の中だった。

轍《わだち》や小さな岩にハイヤーがバウンドする。倉吉はアシストグリップを握った。が、円谷は腕組みをしたまま、上体を揺さぶられていた。

五分ほど進むと、視界が開けた。敷地も一部舗装されていて、ハイヤーのバウンドが収まる。

ヘッドライトが、その奥にある建物を照らした。大きなプレハブ小屋だった。明かりが漏れている。薄明かりに照らされたその奥には土砂が積み上げられていた。

産廃の投棄場か……。

円谷はフロントガラスの先を見据えた。

ハイヤーはそのまま進み、プレハブ小屋の前に横付けした。

プレハブの脇にセダンのフロント部分が顔を出していた。

円谷の眉間が険しくなった。

グレーメタリックの3ナンバーのセダンに乗った竹原を見たことがある。目に映る車のフロント部とナンバーはまさにそれだった。

プレハブの引き戸が開いた。中から、大柄で目つきの鋭い男が現れた。竹原の側近、盛《もり》永牧人《ながまきと》だ。

盛永は後部の左ドアを開けた。

「降りろ」

低い声で言う。

円谷はゆっくりと下車した。反対側のドアから倉吉も降りて、ドアを閉める。と、ハイヤーはそのまま現場から走り去った。

倉吉が円谷に近づいてきて、顔を耳元に寄せた。

「円谷さん、ここはどこなんでしょうか?」

「俺たちの墓場だろうな」

円谷は片笑みを滲ませた。

倉吉の顔が強張る。

「どうしましょう……」

「どうもこうもねえよ。ハイヤーも行っちまった。この山の奥に逃げるわけにもいかねえ。中にいるヤツと話をつけるしか、助かる方法はねえ」

円谷はプレハブへ歩きだした。

「どけ」

盛永の胸を突き飛ばす。

盛永は少しよろけて、道を開けた。円谷は中へ入った。倉吉が円谷の後に続き、小屋に入った。盛永も中へ入って、ドア口に立った。

小屋の中には中古らしきスチール机と椅子が並んでいた。書類が散在しているデスクもあれば、ノートパソコンを置いているデスクもある。最奥には応対用に古びた革張りのソファーが対面で二台置かれていた。全体は町の建築業者の事務所といった風情だ。

奥のソファーには、竹原と早乙女の顔があった。並んで座っている。

円谷は周囲を見ながらゆっくりと歩を進めた。倉吉は円谷の背の後ろに隠れるように小さくなり、ついていく。

ソファーの脇に立った。円谷は竹原と早乙女を見下ろした。

早乙女は一瞬顔を上げたが、すぐに目を逸《そ》らした。

竹原がやおら顔を上げる。

「円谷さん、倉吉さん。遅くにこんなところまでご足労いただき、申し訳ありません。まあ、どうぞ」

竹原が対面のソファーを手で指す。

円谷は早乙女と向かい合わせになる奥の席に座った。倉吉はその隣に浅く腰を下ろした。

円谷はソファーの背に仰《の》け反《ぞ》り、両肘をかけ、足を組んだ。

「ここはどこだ？」

早乙女を見据える。早乙女は顔を上げない。

竹原が口を開いた。

「ここは私たちが経営している産業廃棄物処分場です」

「どうせ、無許可だろ？」

視線を竹原に投げる。

竹原は涼しい顔で微笑み、見返した。

「いえ、県の許可を得た正規の処分場です」

「あんたみたいな腐れヤクザの申請が通るなんて、日本も終わってんな」

円谷は挑発的なことをさらりと口にした。

早乙女と倉吉が身を強張らせたのがわかった。が、竹原は相変わらず、微笑みを崩さない。

「円谷さんは何か勘違いされているようだが、私たちはれっきとした一般企業です。反社会勢力とは関係ありません」

「そんな騙《かた》りはいらねえ。話があるんだろ？　さっさと言え」

竹原を睨む。

竹原は少しうつむいて笑みを作り直し、円谷に目を向けた。

「では、さっそく。ミューズ破壊プログラムの開発費用ですが、早乙女さんと少々かかりすぎではないかという話になりまして」

「あんたもプログラマーやシステムエンジニアの正当な報酬がどのくらいなのか、知らないんだな。仕事にもよるが、俺たちが作っているような短期勝負の特殊プログラムの作成費は人件費だけで最低一人一千万円。人によっては二千万円を超してもおかしくないものだ。さらに、膨大な計算を処理するためには最新のマシンとサーバーがいる。その設備だけでも本来なら億は軽くかかるところだ。それを俺たちは一人当たりの報酬七百万程度、設備投資三千万円以下でやってる。俺から言わせりゃあ、ブラックもいいところだ」

「それは今回の仕事に限っての話でしょう？　あなたがたは〈天使のはしご〉の社員だ。社員への給与は滞りなく払っている。残業代もボーナスも支給している。設備投資にしても、NPO法人の〈あかり〉時代から累計すれば、ゆうに億は超えている。あなたがフリーであれば、その主張も納得ですが、社員という話であれば、要求が度を越しているのではと感じるのですが」

「おいおい、待て待て」

円谷は足を解いた。前屈みになって片肘を太腿に乗せ、下から竹原を睨み上げる。

「今、〈天使のはしご〉の代表は俺だ。早乙女やあんたはクライアントだ。クライアントに正当な対価を要求するのは、至極当然だろうが」

「形の上ではそうですが、私たちは一つの企業集合体で――」

「てめえらの都合で俺たちを切り離しといて、今さら仲間面してんじゃねえぞ」

円谷の眉間に皺が立つ。

「ともかく、これから先も俺たちに仕事をさせたいなら、こっちの要求通りの資金を提供しろ。で、そっちのボンクラにも言ったが」

円谷はちらりと早乙女を見やった。

「もし、俺たちを排除しようとしたり、契約を一方的に反故《ほご》にしたりすれば、てめえらの悪だくみの全容をすべて晒す。地獄に行くときは一緒だ」

竹原を睨む。

「地獄とは？」

竹原は微笑みを返した。

「あんたも事業に失敗すりゃあ、同業さんに狙われるんじゃねえのか？」

「それはそうでしょうね。しかし、ご心配なく。私たちの体力は、それほど弱いものではないので。それとね、円谷さん」

竹原がうつむいた。少し間を置き、ゆっくりと顔を上げる。

「おまえらみたいな引きこもりが見てきた地獄とこっちが見てきた地獄は、質が違うんだよ」

笑顔は消えた。

ドア口に立つ盛永に目を向けた。盛永は頷き、ドアを開いた。ぞろぞろと男たちが入ってくる。十人ほどのラフな格好をした男たちがソファーに小走りで駆け寄り、円谷たちを取り囲んだ。

「いいのか？　ばらまくぞ」

円谷は竹原を見た。

「何をだ？」

「おまえらがこれまでにやってきたこととその裏付けだ」

「ばらまけると思っているのか？　なあ、倉吉君」

「そういうことです」

倉吉が立ち上がった。円谷から離れ、竹原の脇に立つ。

「やっぱり、そういうことだったか」

円谷はフッと笑みをこぼした。

「なんでもお見通しみたいな顔を気取ってんじゃねえぞ」

倉吉が言う。

「別に、気取ってねえよ」

円谷は顔を上げた。

「ここへ来てから、ずっと見てたらな、ドア口にいるでけえのと、この腐れヤクザは、俺しか見てなかった。話しているときも、ただの一度もこいつはおまえに目を向けなかった。つまり、的は俺一人だったということだ。倉吉を同時に呼び出したのは、俺に気取られないためなんだろう？」

竹原に目を向ける。

「そこまでわかってりゃあ、俺が余裕を持っているのもわかるな？」

「倉吉に、隠しデータの置き場を探させたってことだろ？　パスワードも解析済みだな。倉吉。なぜ、こんな腐れヤクザに手を貸したんだ？」

円谷は倉吉を見上げた。

倉吉は、円谷の前髪の隙間から覗く眼光に一瞬怯むが、すぐに気を取り直し、円谷を睨んだ。

「おまえ、何かにつけて、俺をバカにしてたじゃないか」

「ああ。俺のプログラムが醜いだの、この程度しか書けないのかだの。俺もいっぱしのプログラマーだ。おまえとは考え方が違うだけのことをあげつらって、みんなの前で罵倒しやがって」

倉吉はここぞとばかりに恨みつらみを口にした。

「なんだ、その程度のことか」

「その程度だと？」

「おまえは一つ勘違いしてる。俺は、おまえをバカにしていたわけじゃない」

円谷は微笑みかけた。

「事実を言ったまでだ、能無し」

挑発するように口角を上げる。

倉吉が気色ばんだ。

円谷は無視して、竹原を見やった。

「腐れヤクザ。あんたもたいしたことねえな。俺を切って、こんな使えねえヤツを後継に立てるとは。波島も長くねえな」

円谷の言に、竹原の眉尻がぴくりと動く。周りも殺気立った。

が、竹原は深呼吸を一つし、笑顔を作り直した。

「おまえのような肝の据わった男は嫌いじゃないがな。そういう男は周りに二、三人いればいい。それ以上抱えると、頭をひっくり返そうなんて輩《やから》が出てくる。あいにく、俺にはもう肝の据わった右腕が必要数いるんでな。おまえの言う通りにはならない」

そう言い、上着の内側に手を入れる。

ゆっくりと手を出す。その手にはオートマチックの拳銃が握られていた。

セーフティーロックを外し、スライドを擦らせ、弾を装塡《そうてん》する。竹原は銃身を握り、銃把を倉吉に差し出した。

「おまえが殺《や》れ」

「えっ……」

倉吉の目尻が引きつった。

「能無しとまで言われたんだ。殺したいくらい腹が立っているだろう。おまえに名誉回復の機会をやろう」

さらに差し出す。

倉吉は早乙女を見た。早乙女は相変わらず黙ったまま顔を上げない。周りを見た。盛永をはじめとする竹原の部下が、無言の圧力をかけてくる。

倉吉は震えながら銃把に手を伸ばした。

「撃つ時以外、引き金に手をかけるな。暴発するからな」

竹原は手を離した。

倉吉はずしりとする銃を両手で握り締めた。指が引き金にかかりそうになる。あわてて、指を反り返した。

倉吉は手元を見つめた。興奮と恐怖が同時に込み上げてきて、身震いした。

「立たせろ」

盛永が言った。

円谷の脇にいた部下が左腕を握る。

「触るな、チンピラ！」

円谷は肘を振り、部下の手を払った。竹原の部下が色めき立つ。

「心配するな。この期に及んで、ジタバタしねえから」

竹原を見据える。

竹原も見返した。そして、ふっと微笑む。

「いい面しててんじゃねえか。こんなことにならなければ、俺の部下にしてやったんだがな」

「腐れヤクザに飼われるつもりはねえよ」

円谷は両肘をソファーの背にかけ、胸を開いた。

「ほら、倉吉。さっさと撃て。俺を殺らなきゃ、おまえが殺られるぞ」

倉吉を見やる。

倉吉はまだ、手元を見て震えていた。

「ああ、そうだ。言い忘れたことがあった」

円谷は声を張り、目の前の一同を見回した。

「おまえら、この能無しが隠しデータの置き場を全部見つけ出したと思ったら、大間違いだぞ。俺しか知らねえ爆弾を仕込んどいた」

「はったりはやめろ！」

倉吉が怒鳴る。

「はったりかどうかは、俺を殺してみりゃわかる。早乙女」

円谷は名指しした。

早乙女は少しだけ顔を上げた。

「てめえにとって最悪の天敵を差し向けてやる。覚悟しとけよ」

ニヤリとする。

「なんだ、その最悪の天敵という――」

早乙女が訊こうとした時だった。

銃声が轟いた。円谷の胸に穴が開き、血が噴き出る。円谷の上体が前に傾きそうになる。

「ふざけんな、円谷！」

倉吉は声を張り上げ、引き金を引き続けた。

無軌道の銃弾が、円谷の股間を抉《えぐ》り、肩を弾き飛ばし、頭蓋骨を吹き飛ばした。

円谷は天を仰いだ。光を失った双眸が宙を見つめる。砕けた頭部から滴る血が、床に血だまりを作った。

スライドが上がった。弾切れだ。それでも倉吉は引き金を引き続ける。

竹原が熱くなった銃身を握った。

倉吉はようやく両腕を下ろした。銃を離そうとする。しかし、手は痺れ、握り過ぎた指の爪が手のひらに食い込んで剝がれない。

「取ってやれ」

竹原は肩越しに背後を見て言った。

部下が倉吉の肩に触れる。倉吉はびくっとして振り向いた。

「銃を取りますので、あちらへ」

そう言い、倉吉を部屋の隅に促す。

「盛永。円谷のスマホや時計を取り出せ」

竹原が命ずる。

盛永は平然と屍《しかばね》のポケットをまさぐった。

「何も持ってないですね」

盛永が言う。

「なるほど。覚悟はしていたということか」

竹原は冷たい視線を向けた。

命ずると、部下が台車を持ってきた。三人でソファーから引きずり下ろし、台車に載せて出ていく。他の二人の部下が掃除を始めた。

「埋めとけ」

円谷の遺体がなくなり、早乙女はようやく顔を上げた。

よほど緊張していたのか、手のひらは汗にまみれていた。顔も汗まみれで蒼い。

竹原が円谷と〝話を付ける〟と言った時、こうなることは予想していた。本当は同席したくなかったが、竹原に同行を申し入れられ、断ることができなかった。

逃れられない。早乙女は人殺しの現場に立ち会う覚悟は決めてきた。

が、実際に目の前で人が撃ち殺される場面を目の当たりにすると、吐き気と絶叫を抑えるのが精いっぱいだった。

「竹原さん……」

「ご心配なく。ここに埋められれば、永遠に足は付きませんから」

「そのことはもう、お任せするしかありませんから。そうではなく……。円谷が最期に遺した〝最悪の天敵〟とは何なんでしょう」

黒目が不安げに揺れる。

「おそらく、ブラフでしょう。まあ、その天敵とやらが本当に現れた時は、また始末すればいいだけです」

ことともなげに微笑み、立ち上がる。

「さて、仕事が終われば長居は無用です。私たちは先に出ましょう。盛永、あとは頼んだぞ。倉吉君も後ほど吉祥寺に送り届けてくれ」

「承知しました。お疲れ様です」

盛永は目礼をした。

早乙女は竹原に続いて立ち、血にまみれた赤いぞうきんを見つつ、共にプレハブを出た。

7

安里真昌は、竜星が通っている高校の校門の前で腕組みをし、支柱に寄りかかっていた。

下校する生徒たちが真昌を見やる。真昌はその生徒たちを睨み返した。

生徒たちは派手な開襟シャツに金髪の真昌から目を背け、当たらず触らず、真昌の前を小走りで横切る。

真昌が校内の方に目を向けた。満面の笑顔になる。

「おーい、竜星！」

大きい声で呼びかけ、右腕を振った。

竜星はゆっくりと真昌に近づいた。

「また、来たのか……」

呆れてため息をつく。

渡久地巌が戻ってきたと聞いた日から一週間。真昌は、竜星が登校している日は毎日、下校時に迎えに来ていた。

「大丈夫だって」

「わかんねえだろ、そんなこと」

「楢山さんも金武さんも、巌さんは大丈夫だと言ったんだろう？　だったら、巌さんが何かしてくるなんてことはないよ」

「巌さんはそうかもしれねえけど、剛さんとか危ないじゃねえか」

「あれから何もないし。心配ないよ」

「おまえ、のんきだなあ。渡久地兄弟が黙ってるわけねえって。ともかく、俺が大丈夫と思えるまで、護衛はさせてもらう」

真昌が鼻息を荒くする。

「学校に行かなくていいのか？」

「バカやろう。親友の一大事だ。学校なんか行ってられっか！」

「好きにしろ」

竜星は苦笑した。

真昌は竜星を守るためなどと称して、高校を休んだり早退したりしているようだった。

元々、真昌はあまり勉強が好きではなく、ふらふらしていた。

勉強ができないわけではない。小さい頃は竜星と変わらない成績だった。ただ、真昌いわく、自分は体を動かすタイプで、机の前に座って頭脳労働をするタイプではないとのこと。

今回の渡久地泰の件は、そんな真昌が学校をサボる体のいい言い訳を与えてしまった。

ただ、真昌の父、真栄も含め、そのことについてうるさく言う人はあまりいない。

良くも悪くも、なんくるない精神が島全体に息づいている。

とはいえ、竜星は真昌には感謝していた。

泰との一件が校内で広まると、同級生たちは竜星と距離を置くようになった。今、学校では独りだ。

が、そうした状況には慣れている。

小学校に上がった頃から、友達ができては離れて……を繰り返してきた。

原因は父親だった。

顔を見たこともない父の噂がいつの間にか出回り、内地から来た凶暴な男の息子として、時々爪弾きにされた。

小さい頃は憤った。

檜山や金武、母や節子からは、父は立派な警察官だったと聞いていた。しかし、周りからは乱暴者と言われる。

我慢できなくなって、喧嘩をしたこともある。それもまた良くなかった。

竜星は元から腕っぷしが強かった。強いと言われている同級生と戦っても、何人もの同級生が束になってかかってこようと、簡単に叩きのめすことができた。

普通なら、喧嘩の強い少年にはその取り巻きができたりするものだが、竜星の場合、圧倒的に強く、さらに父の風説が竜星に対する虚像を作り上げてしまい、近づいてくる同級生はいなくなった。

そんな中でも、小さい頃から変わらず付き合ってくれているのが真昌だった。

父の真栄が竜司や紗由美をよく知っているということもあるが、何より、真昌が竜星を色眼鏡《めがね》で見ず、幼馴染みとして竜星自身と忌憚《きたん》なく付き合ってくれていることが大きかった。

なんとなく同年代の中で身の置き所のなさを感じている竜星にとって、真昌は唯一〝友〟と呼べる存在だった。

他愛《たわい》もない話をしながら歩いていると、竜星のスマートフォンが鳴った。

竜星はポケットからスマホを取り出した。ディスプレイを見る。メールが届いていた。

タイトルはない。

「呼び出しか？」

真昌が眉尻を吊り上げる。

「まさか。母さんだよ、たぶん」

笑って、メールを開く。

竜星が立ち止まった。笑みが消える。

「どうした？」

真昌の顔つきも険しくなる。

「なんだ、これ……」

竜星が呟いた。

真昌は竜星の手から、スマホをひったくった。メールの文面に目を通す。

《影野竜司の息子、安達竜星君

君があの伝説のもぐらの血を引く者なら、きっとこのアドレスを解読して、悪の全貌に辿《たど》り着き、殲滅《せんめつ》してくれるだろう。

日本の未来を君に託す。

善意の告発者より》

その文章の後に、ＵＲＬが記されていた。

「なんのいたずらだ？」

真昌がＵＲＬをタップしようと指を伸ばす。

「押すな！」

竜星が言う。

真昌はびくっとして指を止め、丸めた。

竜星はスマートフォンを取り返した。ＵＲＬをじっと見つめる。

「新手の呼び出しかなあ」

真昌が訊く。

「いや、あいつらにこんな手の込んだことはできないよ」

「じゃあ、なんなんだ？」

「きっと、おまえが言うようにいたずらだろうな」

「いたずらにしては、タチが悪くねえか？　おまえの本名だけじゃなくて、親父さんの名前まで出してる」

「そうだな、タチが悪い。でも、こんなのは放っておくのが一番だ」

竜星はスマホをポケットにしまった。

「どうする？　今日もうちで晩御飯食べていくか？」

真昌に訊く。

「そうしたいとこだけど、たまにはうちでメシ食わねえと、親父に殴られる」

真昌は渋い顔をした。

「おまえんとこの親父も怖いもんな」

「おまえの母ちゃんよりはマシだけどな」

真昌は言って笑った。


夕飯を済ませた竜星は、自室にこもった。リビングでは今日も楢山と金武が飲んで大声でしゃべっている。時折、母親の怒る声が聞こえる。

安達家では日常の喧騒《けんそう》だった。

しかし、竜星はその喧騒をよそに、机の上を見つめていた。

スマートフォンが置いてある。ディスプレイには、善意の告発者からのメールが表示されている。

まさか、自分のスマートフォンで父の名を、父のあだ名を目にするとは思いもしなかった。

影野竜司という名前も、もぐらというあだ名も、小さい頃から竜星を苦しめてきたものだった。

楢山をはじめとする警察関係者は、何かといえばすぐに竜司の名前を出して、竜星と比較したり、同一視したりしていた。

金武たちのようなアウトローに片足を突っ込んだ人たちからは、もぐらはすごかった、と耳にタコができるほど聞かされ、うんざりしていた。

父親が何かしらすごい人物だったということは、周りの話を聞いていればわかる。

しかし、竜星自身、父親を知らない。話したこともなければ、触れたことすらない。

父と呼べるのは、竜星の中では楢山だった。

だが、その楢山ですら、事あるごとに竜星の中に竜司の記憶を刷り込もうとした。

正直、竜星は〝影野竜司〟を嫌悪していた。

そもそも、竜司がきちんとした仕事に就いて無茶をしなければ、母・紗由美も竜星自身も、苦労することはなかった。

周りは影野竜司をヒーローのように言うが、竜星にとっては何もかも放り投げ、自分勝手に死んでいった最低の父親としか思えなかった。

高校生になり、竜司に対しての激しい憤りと嫌悪は薄らいだものの、できれば、自分の人生の中ではシャットアウトしたい存在であることに変わりはない。

だが、唐突に竜星の前に現れた。

顔も知らない父親が、再び、自分の人生を壊しにかかろうとしているようにも感じる。

無視すればいいこと。心はそう呟いている。

一方で、そのメールの先に父親の断片があるような気がして、消去できずにいた。

リビングが静かになった。

ドアがノックされる。竜星はスマホを伏せた。

「入るよ」

紗由美だった。

「また二人で寝ちゃったからさ。掛け布団もらってっていい？」

「いいよ」

素っ気なく言う。

紗由美は竜星のベッドの掛け布団を軽く畳み、腕にかけた。部屋を出ようとする。

「あのさ」

「何？」

紗由美は立ち止まり、笑みを向けた。

「……いや、なんでもない」

「また、例の子たちに因縁つけられた？」

「それはないよ」

「もし、何かあったら、すぐ私か楢さんに言ってね」

「迷惑はかけないよ」

「迷惑だなんて思ってないよ。竜星が悪さしているわけじゃないんだから。そうじゃなくて、トラブルというのは、自分ではうまく処理できたと思っても、思わない形で進行してたりもするから。そういう時は力を合わせて事に当たるのが正解。わかった？」

紗由美が竜星の横顔を覗く。

竜星はスマートフォンを見つめていた。口を開く。

「……わかった」

「わかればよろしい。早く寝るのよ」

紗由美は言い、部屋を出てドアを閉じた。

少しドアの向こうを心配そうに見つめ、小さく頷いてリビングへ戻っていく。

竜星は再び、スマホのディスプレイにメールを表示させた。

今、力を合わせて……と言われた時、親父は、影野竜司はどうだったのか、と訊きそうになった。

しかし、喉元まで出てきた言葉を飲み込んだ。

自分の中で亡き者にしていた存在なのに、たった一通のメールの文字が胸の奥を掻き乱す。

心の奥底では、父親のことを気にかけている自分を感じて、なんとももどかしい。

「僕には関係ない」

竜星は自分に言い聞かせるように呟き、メールを消去した。

第三章

1

渡久地巌は自宅の玄関先で靴を履いていた。剛と泰が玄関まで送りに出る。

巌は靴を履き、立ち上がった。脇に置いていた小さなバッグを取る。

「兄貴、今度はいつ帰ってくるんだ?」

剛が訊いた。

「わからん。仕事の予定次第だ」

「俺も東京に出たいんだけど、兄貴のところに寄せてもらってもいいか?」

「やめとけ。おまえには務まらん。こっちで仕事を探せ」

巌はにべもなく言った。

剛はあからさまに仏頂面を見せた。

「おい、泰」

巌は泰を見やった。泰は緊張した面持ちで巌を見返す。

「竜星にはもう手を出すな」

「けど、このままじゃ、渡久地の――」

「そんなもの、いらねえだろ。いつまでもガキの頃の威名に頼ってねえで、自分の名前で立つことを考えろ。いいな」

巌は言い、引き戸を開けた。路地には、内間のタクシーが停まっていた。

「じゃあな」

巌はバッグを手に玄関を出て、戸を閉めた。

肩越しに実家を見やり、タクシーに向かって歩く。内間が下りてきて、後部ドアを開けた。

「わざわざ指名してもらって、ありがとうございます」

「少しでも、売り上げになればと思ってな」

「ホント、助かります。どうぞ」

内間が促す。巌は後部座席に乗り込んだ。内間はドアを閉め、運転席に回った。

シートベルトをし、発進する。

「空港でしょ？　飛行機、何時ですか？」

「八時二十分だ」

「えっ、まだ四時前ですよ」

内間がナビの時計に目を向けた。デジタルの数字は15：50と表示されている。

「内間、竜星の高校知ってるか？」

「開栄《かいえい》高校ですけど。泰くんのリベンジですか？」

内間がバックミラーを覗く。

「まさか。ただ、見ておきたくてな」

「わかりました」

内間は言い、ハンドルを切った。


剛は玄関の引き戸を少し開き、巌を乗せたタクシーが消えたことを確認した。静かに戸を閉める。

「兄貴、行ったか？」

泰が訊く。

「ああ」

剛は廊下に戻ってきた。奥へ歩く。泰もついていった。

「なあ、いつやるんだ？」

泰は剛の顔を横から覗き込んだ。

「焦るな。といっても、おまえも腹の虫がおさまらないだろうから、今晩、済ませちまおう」

剛は言い、部屋へ入った。

泰が一緒に入ろうとする。

「おまえ、ちょっと外に行ってろ」

「なんでだよ」

「込み入った話があんだよ。さっさと出て行け」

泰を睨む。

泰はふてくされて、廊下を踏み鳴らし、家から出て行った。

引き戸の閉まる音がする。剛は玄関の方にちらりと視線を向け、スマートフォンを取り出した。

伊佐《いさ》という名前を表示し、コールボタンをタップする。剛はスマホを耳に当てた。

「……あ、もしもし。伊佐さんですか。渡久地です。ちょっとお願いしたいことがありまして――」

2

警視庁で報告書に目を通していた益尾のところに、プログラムの解析を続けていた甲田が来た。

「主任、ミューズ内に仕込まれたと思われる時限プログラムを特定しました」

デスクに駆け寄り、隣の椅子を引き寄せて座った。

益尾のデスクにタブレットを置いて立て、ファイルを表示する。

益尾は指でスライドし、ファイルに目を通した。

「やはり、非線形アルゴリズムだったか」

「ええ。それもなかなか手の込んだ仕様で、条件を見つけてウイルスを転移させようとしても、転送先の条件が違えば、自動的に痕跡を消して戻ってくる仕掛けになっています」

「このプログラムを書いた連中は、相当の腕を持っているということか」

「創造力もあるようです」

甲田が言う。

「似たプログラムはないのか？」

「ウイルスを転移させるプログラムは、昔からあるマルウェアのプログラムを改良したものです。ただ、ウイルス自身が判断する領域のプログラムは見たことがありませんね。AIのプログラムに近いものだと思われます」

「人工知能開発の関係者が関与しているということか？」

「そうとも言い切れません。人工知能で注目されているのは、それなりに大きなバックボーンを持った大学や企業の研究室ですが、注目されない小企業や個人も開発は可能です。簡単に言えば、サーバーに集めたデータを学習するようプログラムを組めばいいだけですから。もちろん、それ相応の知識と技術を持っている者に限られますが」

　甲田が続ける。

「ただ一点。やはり、今回のウイルスは個人で開発できる規模ではないと思いますので、それなりの人数と設備を持っている場所で作られたものだと思います」

　そう甲田は断言した。

「地下に潜っていない限り、ソフトウェアの制作会社ということか」

「そう見るのが妥当かと」

　甲田は首肯した。

「しかし、そうなると立件は難しいな。解析で相手のＩＰアドレスを特定するか、犯人のパソコン、あるいはサーバーにプログラムの痕跡が残っていなければ、証拠がない」

「その点は、まだ大丈夫かもしれません」

甲田は言い、タブレットを取った。

画面をタップし、別のファイルを表示する。

「これは、仲井啓之が死亡した事案の日、同時多発的に起こったマイノロジー・ジャパンが関係しているスマートシティでのミューズ暴走事案をまとめたものです」

画面を確かめ、益尾の方に向ける。

益尾は画面を見た。日本地図の各地に、赤い点と青い点が表示されていた。

「赤い点がミューズが暴走した現場。青い点は同じシステムを使いながら、ミューズが暴走しなかった場所を示しています」

甲田の説明を聞きながら、益尾は赤と青の点の位置を確かめた。

ミューズの試験運用は、全国十一の地域で実施されていた。そのうち、九ヶ所は赤い点で示されている。

青い点で示されたのは、東海地方の都市と沖縄だった。

「このうち、岐阜市郊外の地域については、当日、豪雨により停電が発生していたようで、ミューズのシステム自体が機能していなかったようです」

「ということは、プログラムが作動しなかったのは沖縄だけか。原因は？」

「沖縄地域が最初の試験地だったようですから、プログラムになんらかのバグがあったのではないかと思われます。まったく暴走しなかったわけではなく、一部は他の地域と同じような暴走をしているので、システムのアップデートに問題があったのかもしれません」

「大きな痕跡が残っている可能性が高いな。現地の状況はどうなっている？」

「管理責任者である青葉建設が、試験運用を一旦停止し、マッシバの担当者がシステムを切断したそうです」

「そうか。もう一度、青葉建設とマッシバの担当者に連絡を入れて、外部からアクセスできないよう完全シャットアウトさせてくれ。沖縄県警には、僕から連絡を入れておく」

「わかりました」

甲田はタブレットを取り、自席へ駆け戻った。

益尾もすぐさまデスクの電話の受話器を取り、沖縄県警本部に連絡を入れた。

3

真昌は、いつものように校門前で竜星を待っていた。

「遅えな、あいつ」

腕時計に目を落とす。午後四時を十分過ぎたところだ。下校する生徒たちの姿もまばらになっている。

真昌はズボンのポケットに両手を突っ込み、校門の柱にもたれていた。

と、タクシーが校門から五十メートルほど離れたところに停まった。運転手が降りてくる。

「あれ？　内間さんじゃね？」

目を凝らす。

内間は後部に回り込み、わざわざ手でドアを開けた。

黒い革ジャケットを着た男が降りてきた。サングラスをかけている。立ち姿からなんとも言えない迫力が沸き立つ。

「巌さんだ！」

真昌は目を見開き、柱の陰に隠れた。

そっと様子を覗く。巌はタクシーに寄りかかり、タバコを吸い始めた。内間は巌の隣にいて、車を出す気配はない。

「まさか、竜星をやりに来たんじゃ……」

真昌は校舎の方を振り返った。竜星の姿はまだない。

「ちゃあすがやー……」

真昌は〝どうしよう〟と呟いた。

ズボンの後ろポケットからスマートフォンを取り出す。巌の様子を気にしながら、画面に金武のスマホの番号を表示する。

何かあった時は連絡しろと言われた。真昌もそれが正しいと思う。

しかし、まだ〝何か〟があったわけではない。目の前に巌と内間がいるだけのことだ。

何もないのに、金武に連絡を入れて騒ぎになれば、それこそ竜星が学校にいづらくなる。

それも真昌の本意ではない。

どうするかなあ……。スマホの画面を見つめていると、いきなり、肩を叩かれた。

「おい」

びくっとして振り向く。

竜星だった。

「何やってんだ、真昌。敷地内に入ったら、先生たちに見つかって、怒られる——」

竜星が話しながら校門を出ようとする。

「待て！」

真昌は竜星の腕を引っ張った。

竜星はよろけ、真昌と共に柱の陰に入った。

「なんだよ……」

「来てんだよ、巌さんが！」

真昌はタクシーの方を指差した。

竜星は目を向けた。タバコを燻《くゆ》らせているサングラスの男がいる。小学生の時以来、久しぶりに見たが、確かに渡久地巌だった。

「内間さんもいる」

巌の隣を指す。

確かに内間だった。

「おまえをやりに来たのかもしれねえ」

「まさか。こんなところでか？」

竜星は笑った。

「本気なら、どこか人目のないところで待っているか、拉致するか、そんなところだろ？大丈夫だよ」

竜星は言い、柱の陰から出た。

「待てって、竜星！」

真昌は一瞬スマホを見たが、すぐポケットに入れ、竜星の後を追った。

竜星は知らないふりをして、タクシーの前を通り過ぎようとした。

「おい」

サングラスの男が声をかけてきた。

竜星は止まった。真昌が追いつき、竜星の後ろに立つ。

「久しぶりだな」

巌はサングラスを外し、微笑みかけた。

「ご無沙汰してます」

竜星は会釈した。

真昌は巌を睨んだ。巌が真昌に目を向ける。目が合った途端、真昌の顔が引きつった。

「おまえは……安里さんのところの真昌か？」

「そうだ！　いや、そうです」

あわてて言い直す。

「変わらねえな、おまえは」

巌が目を細めた。笑顔のまま、竜星を見やる。

竜星はまっすぐ巌を見返した。気負いはないが、隙も見せない。自然体の凜とした視線だった。

巌は笑みを濃くした。

「何か用ですか？」

「おいこら、竜星。巌さんに向かって、その口の利き方は――」

内間が片眉を上げ、竜星に詰め寄ろうとする。巌は右腕を上げ、内間を止めた。

「喧嘩しに来たわけじゃねえんだ」

内間を睨む。

「すみません……」

内間は両肩を竦めて、小さくなった。

巌は竜星に向き直った。

「竜星、うちの泰が迷惑かけて悪かったな」

「ほんと、迷惑です」

竜星はさらっと言った。

内間がまた竜星を睨む。が、すぐに顔を伏せた。

「泰にはよく言っておいた。まあ、おまえを囲むような真似は二度としないと思うが、あいつにもプライドがある。タイマンを仕掛けてきた時は、悪いが、相手してやってくれ」

「面倒ですけど……。一対一なら仕方ないですね。ただ、ケガさせたからって、文句はなしですよ」

「タイマンで難癖付けるようなら、俺が殺す」

「お願いします」

竜星は微笑んだ。巌も笑みを返す。

「じゃあ、失礼します」

竜星は巌と内間に一礼して、背を向け、歩きだした。

「おい、竜星！」

真昌はぺこりと頭を下げ、あわてて竜星を追った。

巌は二人の姿を見つめた。

「内間。ありゃ、強えな」

「そうですか？」

「わからんか？」

「まあ、弱えとは思わないですけど、巌さんが言うほどには。どのへんでそう感じたんですか？」

「目だよ。まっすぐで素直な表情の奥に、揺るぎない芯を持ってる。ああいう男は強い」

「あいつの親父さんと同じじってことですか？」

「外見の雰囲気はまるで違うが、似たような強さは感じる。深みはまだまだだがな。泰どころか、剛も竜星には歯が立たないかもしれん」

「そんなにですか！」

内間が目を丸くする。

「ああ。世間の澱《よど》みを知れば、もっと強くなるだろうな。泰と剛に会ったら、おまえからも竜星にはちょっかい出さないように伝えておいてくれ」

「わかりました」

内間は頷き、後部ドアに手をかけた。

「どうします？」

「俺はちょっと時間まで散歩していくよ。次、いつ帰れるかわからねえからな」

巌は言い、ポケットから一万円札を取り出した。

「また、多すぎます」

「取っとけ」

「じゃあ……すみません」

内間は両手で受け取って礼をし、車に乗り込んだ。エンジンをかけ、巌の横を過ぎていく。

巌はちらりと竜星と真昌の後ろ姿を見て、反対の方向に歩きだした。

一方、真昌はちらちらと後ろを振り返りつつ、竜星の後ろを歩いていた。

タクシーと巌の姿が消え、ようやく胸を撫で下ろす。

「ビビった……」

竜星の横で、大きく息をついた。

「そんなにビビることないだろう」

「巌さんだぞ！　おまえ、よくそんな平気でいられるな」

真昌は顔を横に振った。

「巌さんだからだ。僕、あの人には昔から悪い印象は持ってないよ」

「怖えだろ」

「それは、みんなが最初から怖いと思って見てるからだよ。あの人が僕たちに暴力を振るってきたことはないし、そんな素振りを見せたこともない。普通に見れば、強くてかっこいい先輩だ」

「やっぱ、小さい頃から楢山さんや金武先生といるから、肝据わってんだな」

「おまえもそうじゃないか」

竜星が笑う。

と、竜星のスマホが鳴った。カバンからスマホを取り出す。

メールが来ていた。開いてみる。その顔が曇る。

「どうした？」

真昌は竜星の様子を見て、手元を覗き込んだ。

「あれ？　これ、こないだ来てた迷惑メールじゃないか？」

真昌がメールの文を見やる。

竜司やもぐらという愛称が入った例のメールだった。

「まだ来てんのか、これ」

「何度消しても、ブロックしても、届くんだよな……」

竜星は真昌の見ている前でアドレスを受信拒否設定にし、メールを削除した。

「やっぱ、泰さんとかじゃねえの？　泰さんはＩＴの知識なさそうだけど、周りにそういうヤツがいて、嫌がらせ仕掛けてるとしか思えねえ」

「そうかもなあ」

「探ってやろうか？」

「いいよ。もし、あいつらの嫌がらせなら、ほっとけばいいだけだし。堪《こた》えてないとわかれば、そのうちやめるだろ。下手に反応したら、あいつらの思うつぼだ」

「それもそうだな。ほっとくか」

「ああ、ほっとく。巌さんがわざわざ言いに来てくれたってことは、剛さんたちにもそれなりに言い含めているんだろうし。それでも喧嘩したいなら、仕方ないけど相手するよ」

　竜星は苦笑し、スマホをカバンにしまった。

「強えってのもめんどくせえな」

　真昌が竜星の肩をポンポンと叩く。

「メシはどうする？」

「食ってくよ、おまえんちで。たまには顔出さねえと、おばさん淋しいだろうからさ」

「まあ確かに、ごはんが減らないと言ってる」

「な。だから今日は、しこたま食ってさしあげる」

　真昌が親指を立てる。

竜星は呆れつつも、笑顔で真昌を見つめた。

4

吉祥寺にある天使のはしごのオフィスは、倉吉が仕切るようになっていた。

従業員たちは週明けに突然、前代表の早乙女から、円谷が会社を辞め、後任には倉吉が就任すると一方的に宣言された。

しかし、異論は出なかった。

円谷のワンマンな強権ぶりには、従業員たちも辟易《へきえき》していた。

円谷と従業員たちの仲立ちをしていたのが倉吉だ。その倉吉が上に立つことに、ほとんどの従業員は異存がなかった。

代が替わり、五日が経っていた。

倉吉はミューズ破壊プログラムの改良を進める一方、従業員には内緒で、円谷が遺したという隠しデータの在処《ありか》を探っていた。

円谷の性格や思考は把握しているつもりだった。

そこから導き出されたプログラムの種類やトラップなどを推察し、自社や外部のサーバーをあたってみた。

しかし、残滓《ざんし》の欠片《かけら》も出てこない。

円谷の自宅に侵入し、私用のパソコンも解析してみたが、それらしい隠し場所は見当たらなかった。

やはり、ブラフではないか……と、倉吉は感じていた。

円谷は時折、人を小馬鹿にするような冗談ともつかない言葉を発し、倉吉や他の従業員をからかっていた。

あの時、円谷が遺した言葉は、その類《たぐい》の愚にもつかないジョークなのではないか……。

調べるほどに、そう思うようになっていた。

とはいえ、万が一、本当に爆弾を遺されていても困る。

倉吉は半信半疑ながら、とりあえず、納得がいくまで調べを進めていた。

「倉吉さん、デモができましたけど」

新しく開発チーフに任命した柳木《やなぎ》が声をかけてきた。

「わかった。すぐに行くから用意しておいてくれ」

倉吉は返事をし、作業中のパソコンをスリープ状態にした。

作業オフィスの奥にある別室へ向かう。ドアを開けると、柳木ともう一人の開発チームの男が座っていた。

倉吉はテーブルを挟んで、反対側の席に腰を下ろした。

テーブルにはミューズ本体とプロジェクターが置かれている。

「沖縄でプログラムが作動しなかった原因はわかったのか？」

「はい」

柳木は頷き、もう一人の男を見た。もう一人の男がプロジェクターのスイッチを入れる。

白い壁に現場の写真が映った。

「これなんですが」

柳木はレーザーポインターで電柱の上にある変圧器を指した。

「ミューズのスマートシティモデル地区の変圧器は、ほとんどがマッシバ系列の会社の製品だったのですが、沖縄の第一号モデル地区で使われていた一部の変圧器は、別会社の古いものでした。そこにミューズからのウイルスが侵入した時、プログラムや仕様が違うので、ここはモデル地区ではないと判断し、ウイルスが活動を停止したようです」

「なるほどな。最新の変圧器に切り替えなかったことが幸いしたというわけか」

「はい。そこで急きょ、同型の変圧器を入手して解析し、対策プログラムを加えました。結果は次の動画で」

柳木が男を見やる。男は頷き、画面を切り替えた。

動画が流れ始める。

倉庫のようだった。ミューズの本体が右端に置かれていて、そこに柳木と彼の部下が数人いる。フロアの中央には、沖縄で使われているという変圧器が置かれていた。

ミューズ本体と変圧器の間は、電気コードと分電盤、太い電線で繋がれていた。家庭から変圧器への道程を模している。

また、ミューズ本体の周りには、マッシバ製の家電が繋がれていた。

柳木の合図でミューズが起動する。少し間を置いて、柳木が分電盤を切った。

ミューズに繋がれていた家電がすべて落ちる。が、まもなく再起動し、暴走をはじめた。テレビやレンジからは火花が飛び散る。

やがて、すべての家電が火を噴き、燃えだした。

男が動画を止めた。

「という結果です」

柳木が倉吉に顔を向けた。

倉吉は深く頷いた。

「これで、全モデルシティを潰せるな」

「それなんですが……」

柳木が顔を曇らせた。

「協力者からの連絡で判明したことなんですが、沖縄のモデル地区を警察が封鎖したようなんです」

「なぜだ？」

「理由はまだわかっていませんが、ＩｏＴ機器へのアクセスも遮断しているそうなので、ミューズからの逆感染を疑っている可能性はありますね」

柳木が話す。

倉吉は腕を組んだ。

「何か方法はないのか？」

「電線を通じてウイルスを送り込み、ＩｏＴ機器を機能不全にすることはできます。しかし、おそらく県警のサイバー班も調べているでしょうから、足がつく恐れはあります」

「それはできないな。ミューズのプログラムはどうなっている？」

「一応、解析されている形跡をプログラムが感知したら自動消去するよう組んではいますが、もし、当局のサイバー班がミューズからの逆感染を疑っているとすれば、その消去プログラムが機能せず、解析されている可能性も否定できません」

柳木は眉根を寄せた。

「最終チェックは誰がしたんだ？」

「円谷さんです」

もう一人の男が言った。

「これが、ヤツの言ってた最悪の天敵か？」

思わず、呟く。

「なんです？」

柳木が聞き返した。

「いや、なんでもない。しかし、解析されると厄介だな」

「そうですね。全解析はされないにしても、判明した部分についてはマッシバも対策の手を打ってくるでしょうから」

「プログラム開発は、どこが引き受けているんだ？」

「基幹プログラムについてはマイノロジー・ジャパンがそのまま継続担当していますが、一部をマッシバ本社のテクノロジー部門に移したようです」

もう一人の男が答えた。

「分散したのか……困ったな」

倉吉は口角を下げた。

「個人的には、新たなミューズシステムが開発された後に破壊プログラムを作り直すのが現実的だと思いますが」

柳木が言う。

倉吉もそう思っていた。

以前、こうした事態を危惧して、円谷には進言したことがある。もし、プログラムが作動しない場所があった時のために、二重、三重のプログラムを組むべきだと。

だが、円谷はバックアッププログラムを開発していては期限に間に合わないからと却下し、失敗したらしたで、また早乙女や竹原から金を掠め取ればいいと言った。

それでも心配なので、倉吉は他の従業員と共に突貫で自動消去プログラムを挿入した。

円谷が生きていれば、失敗の原因は、勝手に仕込んだ自動消去プログラムだと詰《なじ》られただろう。

だが、円谷は沖縄の変圧器の一部の仕様が違うとは知らなかった。

いや、本当に知らなかったのか……？

知っていて、わざとそれに対処するプログラムは組まずに失敗させ、さらに金を引き出そうとしていたのかもしれない。

いずれにせよ、失敗し、対処に困っていることに違いはない。円谷亡き今、自分がなんとかしなければならない。

もし、尻をまくれば……。

倉吉は自分に撃ち殺された円谷の姿を思い出し、身震いした。

「どうします、倉吉さん？」

柳木が訊いた。

「早乙女さんと相談してみる。君たちは沖縄の情報を集めてくれ」

「わかりました」

二人が頷く。

倉吉は一足先に別室を出た。ドアが閉じる。

その場で少し立ち止まり、大きなため息をつき、肩を落とした。

5

「じゃあ、よろしく」

紗由美は夜間のシフトリーダーに引き継ぎを済ませ、午後七時にオフィスを出た。

コールセンターはどこも二十四時間体制で運営している。

本来は三交代でチーフやオペレーターを入れ替えるのだが、このところの人手不足で残業になることもしばしばだった。

紗由美も本当なら午後五時に上がれるはずだったが、人が足りていなかったので、指導の傍ら、自分も電話を取り、顧客からの問い合わせに応じていた。

「遅くなっちゃったな……」

腕時計を見て、呟く。

遅くなる時や午後勤務、深夜勤務の時は節子に夕飯の準備をしてもらっている。

初めのうちは申し訳ないと思っていたが、今では母親に頼むような気分でお願いしている。節子も紗由美に頼りにされるのはうれしいようだった。

逆に、深夜勤もあるような場所じゃなくて日中だけの仕事に移ったら、と心配されている。

紗由美も正直、そうしたいところはある。五十の声を聞いて、さすがに深夜の勤務は体に堪えるようになってきた。

生活にかかる費用も、紗由美の給料に節子の年金、楢山の退職金も合わせれば、十分すぎるほどだ。時々、甘えているところもある。

ただ、竜星の大学進学の費用だけは、自分で稼ぎたかった。

竜司が遺してくれた命の未来は、自分の力で繋いであげたかった。

来年、受験をして無事に大学に入学すれば卒業するまで五年。それまでは身を粉にして働こうと決めている。それが生きる希望にもなっていた。

紗由美はオフィスビルの裏手にある駐車場に回った。広い駐車場は半分ほど埋まっている。

紗由美の乗る軽自動車は、駐車場の東端の壁際に停めてあった。暗い駐車場内を進み、自分の車の脇に立つ。

ドアハンドルに手を伸ばそうとした。と、不意に気配を感じた。複数で、邪気を含んだ気配だ。

那覇《なは》も他の県内外の都市部と同じく、車上荒らしや強盗は少なくない。

紗由美は鍵を探すふりをして、バッグに手を入れた。鍵の束を探り当て、指の股から先端を出して握る。

気配が近づいてきた。左手と前後を囲まれる。助手席側に金髪をバックに流した男がにやにやしながら近づいてきた。

黒目を動かして左手を見やる。坊主頭の若い男とタンクトップの筋骨隆々な背の高い男がいる。

顎を引いて首を傾け、背後も見た。隣に駐車している軽自動車の先に二つの人影を認めた。

「安達紗由美だな」

助手席側に立つ金髪男が言った。

男を睨みつつ、周囲を警戒した。男たちがじりじりとにじり寄ってくるのを感じる。

紗由美はバッグの中で鍵の束を強く握った。

「仕事帰りに申し訳ないが、少し付き合ってもらいたい」

「お断りだよ。そんな暇はない」

紗由美は気丈に返した。

金髪男はにやりとした。

「さすが、もぐらの情婦だな。たいした度胸だ」

「誰が情婦だって？　ふざけた口利いてたら、ただじゃおかないよ」

金髪男を睨む。

「おー、うとぅるさやー」

男は怖いと言い、眉尻を下げた。完全に馬鹿にしていた。

「頼むから、素直についてきてくれないかなあ。乱暴な真似は疲れんだ」

「邪魔だから、とっとと消えな」

紗由美は左手でドアハンドルを握った。ボタンを押して、ロックを解除する。

と、左手にいた坊主男が駆け寄ってきた。紗由美の左腕をつかむ。

瞬間、紗由美は右手をバッグから出した。鍵束を握った右拳を男の顔面に突き出す。

坊主男は避けられなかった。左頬に鍵の先端が突き刺さる。

坊主男は悲鳴を上げ、顔を押さえた。気配が一気に殺気立つ。

紗由美は運転席に乗り込んだ。助手席側にいた金髪男がドアを開ける。

間、髪を容れず、クラクションを鳴らした。けたたましい音が駐車場に響き渡る。

男たちは一瞬怯んだ。

紗由美はクラクションを鳴らし続け、ブレーキペダルを踏み、スタートボタンを押した。

エンジンがかかる。

すぐさま、ギアをバックに入れ、左足でサイドブレーキを解除すると同時に、アクセルを踏み込んだ。

タイヤが音を立て、車が後退した。助手席に乗り込もうとしていた金髪男があわてて飛び退《の》いた。運転席側にいたもう一人の男が、開いたままのドアに当たり、弾き飛ばされる。

紗由美は右にハンドルを切って、ブレーキを踏んだ。

スキール音が響き、フロントが左に横滑りする。運転席側のドアが閉まった。

紗由美は素早くギアをドライブに入れ替え、アクセルを踏んだ。

左折すれば、駐車場の出口だ。紗由美はハンドルを切った。

と、前からSUVが突っ込んできた。

紗由美はそのままハンドルを切り続け、避けようとした。が、SUVは軽の運転席に突っ込んできた。

紗由美はハンドルを強く握り、背を丸めた。

運転席のドアが凹《へこ》んだ。ガラスが砕ける。衝撃でエアバッグが作動し、紗由美の顔面を打った。

弾かれた軽自動車は右半分が浮き上がり、横滑りした。左手に駐車していた車にぶつかる。再びクラクションが鳴り響いた。

男たちが軽自動車の周りに集まってきた。ビルの方からは人の姿も現れる。

金髪男は運転席のドアを開けた。朦朧としている紗由美を引きずり出す。紗由美は抵抗しようとした。

金髪男は右の拳で紗由美の頬を殴りつけた。口の中が切れて血が飛ぶ。

「手間かけさせやがって。早く連れ込め！」

仲間の男たちが駆け寄ってきて、紗由美の腕をつかみ、ＳＵＶに乗り込んだ。

他の男たちも次々とＳＵＶに乗り込む。金髪男が助手席に乗ると、ＳＵＶは急発進でバックし、駐車場を出た。

そして、闇に消えた。

運転手不在のひしゃげた軽自動車は、叫ぶようにクラクションを鳴らし続けた。

6

「遅えな、おばちゃん」

真昌が壁に掛かった時計を見た。

午後十時を回っていた。

「忙しい時は、いつもこんなもんだよ」

竜星はこともなげに答えた。

「楢山さんも遅えな」

「楢山さんは、金武さんところで飲んだくれてるんだろう。いつものことだ」

竜星はふっと笑った。

学校の前で巌と会ったその夜、安達家には紗由美も楢山もいなくて、竜星と真昌、節子の三人だけだった。

食事は節子が作ってくれた。節子は片付けを済ませ、風呂に入って床に就いた。

竜星と真昌は居間でテレビを観ながら他愛もない話をし、時を過ごしていた。

「おまえ、帰らなくていいのか？」

竜星が真昌を見やる。

「今帰ったら、夜遊びしてきたんかと親父に怒られる。泊まっていいか？」

「うちはかまわないけど」

「電話、借りるぞ」

真昌は嬉々として固定電話の子機を取った。

「しょうがないな。明日の課題があるから、部屋に戻ってるぞ」

竜星は苦笑し、立ち上がった。電話する真昌を横目に自室へ戻る。

デスクスタンドを点け、椅子に腰かけ、カバンから教科書とノートを出した。

広げて、ひと息つく。

ふと、巌のことを思い出す。

何をしに来たんだろうか。

巌のことだから、ただ単に泰の粗暴を詫《わ》びに来ただけというのも納得できる。

ただ、本当にそれだけなのだろうかという疑念もある。

渡久地巌に関しては、真昌にも話した通り、昔から悪い心証は抱いていない。

とはいえ、今は、裏の世界で生きているという話も聞く。

今日会った印象では、昔と何も変わらなかったが、だからといって中身まで変わっていないとも限らない。

人は変わるもの、と竜星は思っている。

小学生の頃、小さい頃から仲の良かった友達が、父親である竜司のことを知った途端、離れていった。

優しくしてくれた近所の大人も、急によそよそしくなり、陰で自分の子供たちに、竜星とは仲良くするなと言うようになった。

最初は、なぜそうなったのかわからず、子供心に戸惑《とまど》った。自分が悪いんじゃないかと思い、苦手な愛想笑いを無理やり作り、友達の輪に入ろうとしたこともある。

しかし、すべてが徒労に終わった。

みんなが離れていった原因は、自分の与《あず》り知《か》らぬ理由だ。自分ではどうにもできない。

そう理解したとき、竜星自身も変わった。

他人には期待しない。距離を取って、深入りしなければ、裏切られたと感じることもないし、興味を持たなければ、周りにいる人たちも〝ただそこにいる人間〟でしかなくなる。

そうしているうちに、他者を拒絶することもなくなった。

拒絶するということは、その存在を意識しているということに他ならない。

他人への興味が失せていくほどに、存在に対しての意識も希薄になり、ただそこにあるものとして感じられるようになった。

少し考えるうちに、巌がどういう理由で自分の前に現れたにせよ、自分には関係ないと割り切れてきた。

たまに、他人のことが気になっても、いつもこんな感じで落ち着いていく。

「やるか」

竜星は一つ息をついて、教科書とノートを広げた。シャープペンシルを取って、課題を始めようとする。

メールの着信音が鳴った。

「またか……」

ため息をついてシャーペンを置き、スマートフォンを手に取る。

メールの件名を見た。毎日来ていた迷惑メールとは違った。差出人のアドレスも異なっている。

タイトルには〝見ろ〟と書かれてあり、写真だけが添付されていた。スクロールすると、写真が表示された。

瞬間、竜星の眉尻が上がった。

「母さん！」

紗由美の写真だった。椅子に縛られている。周りには複数の男の下半身が映っていた。

すぐにもう一通のメールが届いた。開いてみる。

〈ビンヌウタキの社殿に一人で来い。大人や仲間を連れてきたら、この女は消える〉

ビンヌウタキは、竜星の家から東へ十分ほど歩いたところにある弁《べん》ヶ嶽《だけ》公園のことだ。

社殿は、その敷地内にある沖縄神社の神殿のことだろう。

観光スポットでもないこんなニッチな場所を知っているのは、地元の人間だ。

「あいつか」

竜星の脳裏に泰の姿が浮かんだ。

「ここまでやるか……」

竜星の目に怒気が滲む。

スマートフォンの電源を落とし、充電器に繋げて机の端に置いた。

自室のドアをそっと開ける。真昌はまだ受話器を握って父親と話していた。

竜星は真昌にバレないよう、忍び足で玄関へ行った。スニーカーをつっかけ、音がしないように玄関ドアを開けて、外へ出る。

静かにドアを閉じると、その場に屈み、スニーカーをきちんと履いた。立ち上がって、大きく深呼吸をする。

竜星は、湧きあがる怒りを胸の内でたぎらせ、宙を睨んで歩き出した。

7

暗がりに包まれた弁ヶ嶽公園内の沖縄神社神殿前には、渡久地剛と泰、剛の仲間の男五人がいた。

男たちが囲む中央に、パイプ椅子に縛られた紗由美の姿がある。神殿の囲い塀に置かれた二つのＬＥＤ懐中電灯が紗由美を照らしていた。

紗由美は事故の際に額に傷を負っていた。傷は深くなく、流れた血が頬骨あたりまで流れ、固まっていた。

「竜星、来るかな？」

泰が訊くともなしに漏らした。

「来るよ。あいつの唯一の身内だ」

囲い塀に腰かけている剛は、神社へ上ってくる階段の方を見据えた。

「あんたたち、御嶽《ウタキ》でこんな真似をしてたら、罰が当たるよ。今ならまだ間に合う。私を解放しなさい」

紗由美は静かに言った。

「シーサーが出るんか？」

「キジムナーに助けてもらえ」

男たちは口々に軽口を叩き、笑い声を立てた。剛と泰も笑っている。

剛は紗由美に顔を近づけた。

「俺たちは、神なんざ怖くないさ」

片笑みを覗かせる。

「バカだね。怖いのは神様じゃないよ。うちの竜星さ」

「あんた、親バカにも程があるな」

剛が鼻で笑う。

「竜星が強えのは認めるが、この人数には敵わねえ。あんたも縛ってるしな」

剛は勝ち誇ったように言う。

紗由美はため息をついて、顔を小さく横に振った。

「あんた、本当に強い人と会ったことがないんだね」

「この街で最強なのは、うちの兄貴だ。その強さは肌身で知ってる」

「違うよ。本当に強かったのは、うちのダンナ」

紗由美は顔を上げげた。

「影野竜司さ」

まっすぐ、剛を見上げる。

剛の双眸がかすかに揺れた。余裕の笑みが消え、動揺を覗かせる。

「死人の話をするんじゃねえ」

「亡霊は蘇《よみがえ》るよ。何倍もの力となって」

「黙ってろ」

剛は苛立った様子で、椅子の背を蹴った。

「まあ、見てろ。可愛い息子が、親の前で半殺しにされるのをな」

剛は強がり、笑みを作り直した。

階段から仲間が駆け上がってきた。

「竜星が来た！」

「一人か？」

剛が訊く。

「一人さ」

そう言い、仲間の脇に並ぶ。

全員が階段の方を見つめた。

木々に囲まれた階段に人影が浮かぶ。

紗由美は瞠目《どうもく》した。怒気をまとった影は、竜司を彷彿《ほうふつ》とさせる。

剛の仲間の一人が懐中電灯を向けた。

竜星だった。ＬＥＤの明かりを受けても、瞬き一つしなかった。

竜星はゆっくりと階段を上りきり、剛たちの前に来た。紗由美の方を見ようともしない。

剛だけを見据えている。

敵を的にかけた時の眼光も、竜司に瓜二つだった。

「夕方、巌さんが僕のところに来た」

竜星が口を開いた。

「嘘つけ！　なんで、にーにーがおまえのところに行くんだよ。殴られたんか？」

泰が吼《ほ》える。

が、竜星は無視して、剛を見据えた。

「巌さんは、泰さんがまたケンカを売ってくるかもしれない。その時は相手をしてやってくれと言った。僕はタイマンなら応えると返した。だから、これを最後に泰さんとタイマンで決着を付けるというなら、母さんをさらったことも忘れてやる」

「忘れてやるだと？　誰に向かって言ってんだ、こら！」

泰が息巻く。

それでも、竜星の目は剛に向いていた。

「どうするんですか？」

竜星は剛を見据えて訊いた。

「この状況で動じないとは、いい度胸だな。わかった。兄貴とそう約束したなら、タイマンしろ」

「にーにー！」

泰が剛を見た。あからさまにうろたえている。

「ただし、おまえが一発入れるたびに、こっちはおまえの母ちゃんを一発ひっぱたく。俺らもここまでやったからには退けねえんだ」

「かまいませんよ」

竜星は紗由美に顔を向けた。

「母さん、悪いけど、我慢してな。一発で終わらせるから」

「思いっきりやんな」

紗由美は笑みを覗かせた。

「親子してイカレてんな。まあいい。泰、タイマンだ」

「そんな……」

「ほら、これをやる」

剛はポケットから折り畳みナイフを取り出した。泰はそれを手にして、目を輝かせた。

「竜星。今さら、汚ねえとかなしだぞ」

剛はにやりとした。

「刃物出したってことは、殺し合いですね？」

「そうなるかもな」

「じゃあ、僕もそのつもりでやらせてもらいます」

竜星の目尻がグッと上がった。

凄みが増した。

8

楢山は金武道場の門弟に家の近くまで送ってもらった。杖を突いて、車を降りる。

「すまなかったな」

「いえ。おやすみなさい」

男は微笑み、車を出した。

テールランプを見送る。ヘッドライトの明かりがなくなると、あたりは頼りない街灯の明かりのみとなり、薄暗くなった。

檜山は息をついた。酒臭い息が鼻先にまとわりつく。

「遅くなっちまったな……」

また、紗由美に怒られそうだと思い、苦笑する。

檜山はゆっくりとマンションまでの坂道を上りはじめた。杖を突く音が薄闇に小さく響く。

このところ、帰宅時間が遅くなっている。

家が嫌いなわけではない。むしろ、犯罪者と向き合って生きてきた日々からすれば、今の安らぎは尊い。

紗由美とは夫婦でもなく、節子も血のつながりはないが、家族というものの温かみは強く感じている。

しかし、同時にその安寧に戸惑っている。

檜山は小学生の時に母を、中学生の時には父を亡くしている。二人とも病死だ。その後は父方の叔父《おじ》の家で暮らしていたが、折り合いは悪く、あまり家にいなかった。

高校卒業後、家を出るため就職しようと考えていた時、竜司に誘われ、共に警察学校に入った。

それからというもの、結婚しようと思った相手はいたものの望み叶《かな》わず、捜査に邁進《まいしん》しているうちに独り身生活が染みつき、それが当たり前となっていた。

沖縄へ来て、紗由美たちと暮らすようになってからも、警察の仕事でほとんどうちを空けていて、形は家族と似ていても、どこか独身時代と変わらない感覚もあった。

だが、警察をリタイアして、家にいるようになると、途端にむずがゆくなった。

家にいても、何をしていいのかわからない。炊事や洗濯は、すべて紗由美と節子がやってくれる。たまに釣りには出かけるものの、これといった趣味もない。

竜星が幼い頃は、三人を連れて出かけることもあったが、高校生となった少年を連れて家族旅行の真似事をするのも、どこか違う気がする。

楢山は身の置き所がなくなり、警察の逮捕術指導に赴いたり、金武の道場でくたくたになるまで指導と鍛錬をするようになった。

それはそれで心地よい。一方で、家から離れるほどに、安達家における自分の立ち位置がわからなくなってきていた。

こんなことで悩むようになるとは、思いもしなかった。

「あー、ちくしょう」

楢山は頭をぼりぼりと掻いた。

マンションが見えてきた。楢山は気持ちを入れ替え、歩き出した。

すると、マンションの方から少年が飛び出してきた。楢山の方へ走ってくる。

楢山は少年を認め、立ち止まった。

「真昌。何やってんだ?」

「あ……」

真昌は楢山を見て、ぎくりとした。

楢山は駆け寄った。

「どうしたんだ?」

じっと見下ろす。

「いや、それが……」

真昌はうつむいた。が、ふうっ……と息をつき、顔を上げた。

「竜星がいないんですよ」

「いない?」

「勉強するって自分の部屋に引っ込んだはずなんだけど、音がしないんで覗いてみたら、いなくて。コンビニにでも行ったんかなと思って待ってたんですけど、なかなか帰ってこねえんで、ちょっと気になって」

「なぜ、気になる?」

楢山が問う。

一瞬、言い淀むが、諦めて口を開いた。

「今日、夕方、竜星の高校に巌さんが来たんですよ」

「巌が？　何しに来た？」

「泰さんのことを詫びに来たんですよ。でも、巌さんがそんなことだけで、わざわざ竜星に会いに来るんかなあと気になってて……」

「まあ、巌なら、それもあると思うがな。他に何か言ってたか？」

「泰さんがまたちょっかいをかけてくるかもしれないけど、その時は相手にしてやってくれ、と言ってました」

「そうか。まあ、何事もないと思うが……。ともかく、おまえはうちに戻って待ってろ。紗由美ちゃんには、俺が捜すからと伝えて――」

「おばちゃんもまだ帰ってないんだ……」

「残業か？　連絡してみよう」

楢山が携帯電話をポケットから出した時だった。

タイミングよく、電話が鳴った。開く。県警の稲嶺からだった。

「もしもし」

――ああ、楢山さん。さっき、交通課から連絡がありまして、安達さんが会社の駐車場内で事故を起こしたそうなんです。

「紗由美ちゃんが！」

――ええ。それで、安達さんが連れ去られたという複数の目撃証言もあり、調べてみたところ、どうも渡久地剛のグループが関与しているようなんです。

「剛がか！」

剛の名を聞いて、隣にいた真昌の表情も険しくなった。

――安達さんが家に戻っているか、確認をしてもらいたいんですが。

「うちにはいねえ」

――そうですか。現在、目撃情報をもとに安達さんを連れ去ったと思われる車両の捜索をしています。一部では、首里の方へ向かったとの情報もありまして。

「わかった。うちの近辺は俺が捜す」

――至急、署の者も回しますので、お願いします。

稲嶺が電話を切った。

「剛さんが何を？」

真昌が訊く。

「紗由美ちゃんをさらったらしい。あのガキ――」

楢山は携帯を握り締めた。

「こっちの方へ来たという情報もある。おまえは家に戻って待機していてくれ。節子さんを狙ってくる可能性もある。鍵を閉めてこもってろ。金武もうちに来させる。もし金武が到着する前に連中が来たら、おまえが節子さんを守れ」

「わかりました」

真昌は緊張した面持ちで首肯し、マンションへ駆け戻った。

「ふざけた真似をしやがって、チンピラが」

楢山は金武の番号を表示し、通話ボタンを押して耳に当て、その場から歩きだした。

9

剛が泰にナイフを渡した途端、涼やかな佇まいの竜星が消えた。

代わりに、凄まじい怒気をまとう。

剛の笑みが強張った。周りの剛の仲間も竜星の気迫に怯み、少し後退りをする。

泰はナイフを握り、意気揚々と顔を上げた。が、豹変した竜星を目の当たりにし、気圧され、色を失った。

やっぱり、血なのかな……。

紗由美は真顔で竜星を見つめた。

「ほら、殺ってこい！」

剛が泰の背中を押した。

泰がよろよろと前に出る。神殿前の広間で、泰は竜星と対峙した。

竜星は腕を下げたまま、自然体で立っていた。半身も切らない。正対して、ただただ泰を見据えているだけ。

泰は何度もナイフを握り返した。じりじりと間合いを詰めるように動いてみせる。が、実際は、左右に動くだけで、半歩も前に出ていない。

完全に、竜星の迫力に気圧されていた。

「何やってんだ！　殺れ、泰！」

剛が怒鳴る。

泰がびくっとした。

瞬間、竜星が地を蹴った。泰に向かって突進する。

泰は、突然の竜星の動きに戸惑った。ナイフの刃を少しだけ上に向け、震える。

竜星は瞬く間に泰の眼前に迫った。走りながら、右腕を引く。

泰の前で止まった。泰はナイフを持ちあげようとした。が、それより早く、竜星は腰をひねり、右ストレートを放った。

拳が泰の鼻先にめり込んだ。泰の相貌が歪んだ。鼻骨が砕け、血が噴き出した。

竜星は拳を打ち抜いた。

泰の踵《かかと》が浮き上がり、後方へ吹っ飛んだ。そのまま尻もちをつき、後方に一回転して、仰向けになった。

大の字になった泰は、白目を剝き、痙攣《けいれん》していた。

圧倒的な強さに、剛やその仲間は啞然《あぜん》とした。

「ここまで強かったの……」

紗由美も驚き、目を見開いた。

竜星は再び、地を蹴った。

両眼は剛を見据えていた。一気に間合いを詰める。

剛の顔が強張った。想定外の事態に、身体が硬直して動けない。

竜星は右ハイキックを飛ばした。脛が剛の左頸部に食い込んだ。塀に腰かけていた剛は、そのまま地面に横倒しになった。口から泡を吐き、呻く。

竜星は鷹《たか》のような鋭い目で剛を射貫き、剛の仲間たちを睥睨《へいげい》した。仲間たちはさらに後退した。

敵を威嚇しつつ、紗由美が縛り付けられた椅子の後ろに回る。そして、体を縛ったロープの結び目をほどいた。

紗由美はロープが食い込んでいた腕をさすった。

「ごめんね、竜星」

「母さんは悪くない。この傷、大丈夫？」

竜星は額の傷を覗き込んだ。

「たいしたケガじゃないよ」

紗由美は微笑んで見せた。

竜星も笑みを返し、紗由美の左二の腕を握って立たせた。

「行こう」

竜星は剛たちに背を向けた。

剛は竜星の背中を見上げた。手元に泰の握っていたナイフが転がっている。それを握り、手をついて上体を起こした。

「くそったれ……」

膝を震わせながら立ち上がる。切っ先を竜星に向けた。

気配を感じ、紗由美は肩越しに振り向いた。剛が突っ込んできた。

紗由美が叫ぼうとした。

竜星は紗由美を突き飛ばした。同時に背後に顔を向ける。

剛が迫っていた。腹の前にナイフを立て、体ごと当たろうとしている。

竜星は左脚を上げた。そして、足刀蹴りを放つ。剛がナイフを突き出した。切っ先が竜星の脇腹を狙う。

その切っ先が届く寸前、竜星の靴底が剛の顔面にめり込んだ。

剛の顔がひしゃげた。歯が折れ、鼻梁が砕けて、おびただしい血が噴き出した。顔も九十度に曲がる。

竜星は脚をひっこめた。剛は前のめりになり、顔から地面に落ちた。手からナイフがこぼれた。

竜星は剛の肩をつかみ、仰向けに返した。ナイフを拾い、腹に馬乗りになる。剛は竜星を見上げた。

「おまえ……俺にこんな真似して、島で生きられると思うなよ……」

「そうか。なら、あんただけでも殺そうか」

竜星は喉笛に刃を押し当てた。

「あんたみたいな人がいては迷惑だ」

力を込める。

剛は竜星の目を見て、蒼白になった。粋がるわけでもなく、ただ見据えているだけだが、その奥からとてつもない殺気が滲む。獲物を捕らえた猛獣の眼光そのものだった。

感じたことのない恐怖が込み上げてきた。顔から冷や汗が噴き出し、体の震えが止まらなくなる。

竜星は剛を見据えたまま、ナイフを横へ動かそうとした。少し刃が動き、皮が切れる。

「や……やめ……」

剛の両眼から涙が出た。泣くつもりなどない。知らぬ間に溢れ出していた。

「や……」

声も出なくなってくる。

迫りくる死に混乱していた。

竜星がさらに刃を引こうとした。

「竜星！」

紗由美が声を張った。

竜星はハッとして顔を上げた。剛の喉元に押し当てていたナイフを脇に放る。

立ち上がり、剛に背を向ける。剛は失禁していた。

竜星は紗由美の脇を通り過ぎ、階段を降りていく。紗由美も後を追う。

剛の仲間たちは、あまりの出来事に呆然とし、ただただ竜星たちを見送るだけだった。

紗由美は竜星に駆け寄った。

「竜星、あんた今、彼を――」

顔を覗こうとする。

竜星は紗由美の視線を振り払うように、歩を速めた。

ってきた。

竜星はさらに足早になり、弁ヶ嶽公園の入口を出た。と、坂道を杖を突いた大男が上がってきた。

「竜星！」

楢山だった。杖をカツンカツンと鳴らし、駆け寄ってくる。

「大丈夫だったか？　紗由美ちゃんは？」

問いかけるが、竜星は楢山を無視して歩き去る。

「待て、竜星！」

「楢さん！」

紗由美が駆け寄った。

「紗由美ちゃん！　ケガしてるじゃないか！」

「大丈夫。深いものじゃないから」

「渡久地か？」

楢山の言葉に、紗由美が頷く。

「連中は？」

「沖縄神社のところよ。渡久地兄弟は竜星が倒したんだけど、今頃、仲間が連れて逃げてるかもしれない」

「手配しよう。ちょっと待っててくれ」

「でも、竜星が……」

「あいつは大丈夫だ。それよりまた、紗由美ちゃんが襲われてはいかんからな」

楢山は言い、携帯を出した。

稲嶺に折り返し、状況を伝える。

紗由美は遠ざかっていく竜星の背中を見つめた。

10

竜星が呼び鈴を鳴らすと、やや間があって、ドアが開いた。

「竜星！　どこ行ってたんだよ！」

真昌が飛び出してきた。

「おまえ、やられなかったんか？　おばちゃんは？」

竜星に詰め寄る。

竜星は真昌を押しのけ、玄関を上がった。節子がカーディガンを羽織り、廊下の奥で心配そうに竜星を見つめる。

「母さんも楢さんと一緒に帰ってくるから」

少しだけ笑顔を向け、部屋へ入った。ドアの鍵を閉める。

「おい、竜星！　竜星！」

真昌はドアを叩いた。

節子は真昌に近づいて、肩を叩いた。顔を小さく横に振る。

真昌は竜星の部屋のドアを見つめ、リビングに戻った。

竜星は静かになった真っ暗な部屋で、電気も点けずに座っていた。

手を握る。震えが来た。

渡久地兄弟が怖かったわけではない。

なんだったんだ、あの感情……。

泰がナイフを握った時から、記憶が途切れ途切れになっている。

ナイフを向けられ対峙した時、大きい鼓動が一つ鳴った。瞬間、これまでに感じたことのない感覚が全身を包んだ。

周囲の音がまったく聞こえなくなった。剛やその仲間の姿も視界から消えた。

が、泰の姿は昼間のように鮮明で、息遣いや鼓動まではっきりと聞こえた。そこに自分と泰しかいないような、とても静かで不思議な空間だった。

そして、泰が動いたと思った時には、倒していた。

剛に関してもそうだった。

母親の方を見ようとした時、目が剛を捉えた。そこからはもう、剛しか見えていなかった。

泰の時と同様、剛に迫ったと思ったら、剛が地面に伏せていた。

倒れた剛を見つめているうちに、視覚や聴覚が戻ってきた。

何が自分に起こったのか、わからなかった。格闘家やアスリートがある種のゾーンに入った時はこんな感じなのかもしれない……と思いつつ、いずれにせよ、母親を助けられたことに変わりはないので、気を落ち着けた。

問題は、そこからだ。

剛が背を向けた自分にナイフで襲いかかってきた時のこと。最初に気づいたのは、母親だった。

母親は襲ってくる剛を見て、身を強張らせた。その緊迫感が伝播《でんぱ》してきた刹那、再びゾーンに入った。

振り返って剛を捉えた瞬間に、左足刀蹴りを放っていた。

普段の自分なら、どんなに怒っていても、そこで終わりだった。

しかし、剛が落としたナイフを見た途端、〝仕留めなければ〟と感じた。

そして、行動に出た。

あの時、母親の叫びに気づかなければ、僕は……。
手を強く握りしめる。ぞくっとした。
自分の中に眠っている本性のようなものを感じ、嫌悪が込み上げてくる。
ふいにメールの着信音が鳴った。
少しびくっとして、机の方を見る。スマートフォンの青いＬＥＤが点滅している。
竜星はスマホを取った。開いてみる。
また、善意の第三者を名乗るメールだった。同じ文面とＵＲＬが付いている。
普通の状態なら、竜星は削除した。
が、その夜は、文が脳裏に飛び込んできた。
《影野竜司の息子》
《もぐらの血を引く者》
さっきの、静かだが荒ぶる衝動は、もしかして……。
画面を見つめる竜星の顔を、ディスプレイの明かりが照らす。
竜星は逡巡し、ＵＲＬをタップした。

11

東京へ戻った厳は、午前中から渋谷センター街にある違法カジノ店の店長室にいた。

留守中の売り上げを確認するためだ。慣れないパソコンを操作し、モニターに表示される数字を睨み、金庫に収めていた現金と突き合わせる。

面倒極まりない作業だが、これも仕事。仕方がない。

監視モニターが並ぶ机の脇に置いたバーボンを瓶ごと呷りつつ、仕事を進めていると、スマートフォンが鳴った。

ディスプレイを見る。

「内間……？」

厳は電話に出た。

「俺だ。なんだ？」

ぶっきらぼうに訊く。

——剛と泰が逮捕されました。

内間が言う。厳の眉間に皺が立った。

「何をやらかしたんだ？」

——竜星を呼び出すのに、竜星の母親をさらったようなんです。

「あのバカどもが……」

——剛も泰も、竜星に一発で伸されたそうです。どうします？

「自業自得だ。ほっとけ」

——けど、さすがにこのままでは、渡久地の名折れじゃあ。

「だから、そんなもんは初めからねえんだ。おまえらや弟たちが勝手に俺の名を使っただけだろ」

——勝手にって……。

「弟らに面会に行ったら、伝えといてくれ。今度、渡久地の名前でふざけた真似しやがったら、俺が殺すとな。おまえらもだ。二度と渡久地の名を口にするな。みんなに伝えとけ。わかったな！」

つい声色が強くなる。巌は内間の返事も待たず、電話を切った。

「つまらねえことしやがって……」

巌は苛立ちが収まらず、机の脚を蹴った。

ドアが開いた。

「兄貴、盛永さんがおいでです」

「通してくれ」

巌は言うと、椅子に座り直し、気持ちを切り替えた。

大柄な男が入ってきた。

巌は立ち上がり、直立した。

「お疲れさんです」

深々と頭を下げる。

盛永は頷き、巌が座っていた椅子に腰を下ろした。

「どうだ、売り上げは？」

盛永が脚を組んで、巌を見上げる。

「ちょっと落ちてますね。資金を回収するのに、少し還付率を下げましたから、常連以外の客足が遠のいてしまいました」

「コアな客をつかんでりゃ大丈夫だ。やつらがまたカモを紹介してくれるからな。ところで、おまえ、沖縄だったな？」

「そうですが」

「ちょっと、地元で仕事をしてほしいんだ」

盛永が言う。

巌は渋い顔をした。

確かに、自分は裏家業を生業《なりわい》とする身だ。それでも地元は荒したくない。

「嫌なのか？」

「いえ、そんなことは……」

巌は目を伏せた。

「まあ、これは命令だ。おまえの気持ちは関係ない」

盛永は一刀両断し、話を続けた。

「うちが表でプログラミング事業をやっていることは知ってるな」

「はい、一応」

「そこで沖縄にあるスマートシティのＩｏＴ機器に納入したプログラムも作ってたんだけどな。ちょっと手違いでトラブルが起きちまった。なんで、そこに収めたミューズって機械を回収してきてほしいんだ」

「なんですか、それ？」

「こういうやつだ」

盛永はスーツの内ポケットから、Ｌ版の写真を出した。

巌は写真を見た。円筒形の小さな機械が写っている。

「で、回収するのは、ここな」

再び、ポケットに手を入れ、封筒を出した。机に置く。

「ここに書いてある家のミューズを残らず回収してきてくれ」

「それはかまいませんが……。表の仕事なら、何も俺が出張らなくてもいいんじゃないですか?」

巌が疑問を口にする。

盛永は睨み上げた。

「正面から回収できねえから、おまえに行かせるんだろうが」

「すみません」

巌は頭を下げた。

「今日の午後に発《た》て。沖縄に着いたら、座間味《ざまみ》の上村《うえむら》ってのと会って、打ち合わせしろ」

「上村って、上村徳一《とくいち》ですか?」

「知ってんのか?」

「ええ、まあ……」

「知ってんなら、話は早い。協力して、さっさと済ませてこい」

「店はどうするんですか?」

「心配するな。おまえがいなくても回る」

盛永は言い、机に置いた売上金を手に取った。大雑把に数えて、巌に差し出す。

「五十はあるな。当面はこれで大丈夫だろう。ここはもういいぞ。俺がやっとく」

「ありがとうございます」

巌は札束を受け取り、畳んで、ズボンの後ろポケットに突っ込んだ。

「じゃあ、行ってきます」

巌は一礼し、事務所を出た。監視カメラが届かない路地に入る。

俺がいなくても回るってことは、いらねえってことじゃねえか……。

巌は壁にもたれ、ビルとビルの狭い隙間から覗く空を見上げた。

第四章

1

午後七時を回った頃、巌は那覇空港に降り立った。

サングラスをかけ、キャップを深く被り、うつむき気味に歩く。手荷物は、小さなスポーツバッグ一つだった。

到着ゲートを出るとすぐ、スキンヘッドで眉のない男が近づいてきた。

「渡久地さんですね」

訊いてくる。

違うと答えてやりたいところだが、今回は仕事。そうもいかない。

「座間味の者か?」

「はい。お荷物、お持ちいたします」

男がバッグを取ろうとする。

「いいよ」

巌はサングラスの奥から、眼力で制した。

「失礼しました。ご案内しますので、どうぞ、こちらへ」

男が歩きだす。

巌は少し後ろをついて歩いた。周囲にそれとなく視線を走らせる。特に危険があるとは思えないが、人が大勢いる場所で、周りを警戒するのは癖になっていた。

ロビーを出ると、窓に黒いフィルムを貼ったミニバンが停まっていた。

運転席から男が出てきて、すぐさま、後部のスライドドアを開ける。

「お疲れさんです」

巌を見て、頭を下げる。

巌は一瞥《いちべつ》し、乗り込んだ。スキンヘッドが隣に座り、ドアを閉める。すぐに車は走り出した。

バックミラー越しに運転手を見る。若くて、両耳のピアス以外、たいした特徴もないが、目は澱んでいる。

スキンヘッドもそうだが、巌の知らない若者たちだった。

「おまえ、名前は？」

スキンヘッドに訊く。

「浅野《あさの》です。運転してるのは、片山《かたやま》と言います」

「片山です。よろしくお願いします」

片山はバックミラーを覗き、少しだけ頭を下げた。

「おまえら、ウチナンチュじゃないな」

「はい。オレは福岡で、片山は大分です」

浅野が答える。

「いつ、こっちに来た？」

「二人とも、三年前くらいですかね。別々で遊びに来てたところを、伊佐《いさ》さんにスカウトされて」

「伊佐ってのは、伊佐勇勝《ゆうしょう》か？」

巌の言葉に、浅野が頷いた。

伊佐は、巌の一つ下で、県内では札付きのワルで通っていた男だ。一時期、巌にくっついていたが、基本一匹狼の巌に旨味を感じなかったのか、群れたがる上村と行動を共にするようになった。

「渡久地さんは、上村さんの親友だったそうですね」

浅野が言う。

「誰が、そんなこと言ってんだ？」

「上村さんから、そう聞きましたが」

浅野は思わぬ返しに、多少の戸惑いを覗かせた。

「そうか」

巌は否定しなかった。浅野が安堵《あんど》を滲ませる。

迎えに来た浅野と片山に罪はない。上村からそう聞かされれば、そう思うだろう。

しかし、巌はむかっ腹が立っていた。

仲が良いどころか、上村は天敵のようなものだった。

上村は昔から見栄っ張りだった。

ただの見栄っ張りならいいが、自分を大きく見せるため、巌と何度もやり合ったことがあるとか、倒したことがあるなどと吹聴していた。

また、強い相手と同等だと言いたいがため、巌が誰それを殺しかけたとか、ヤクザの事務所にカチコミをかけたとか、商店を襲ったとか。ないことばかりを触れ回り、架空の巌を悪の権化のように育てた。

沖縄に渡久地の名が知れ渡ったのも、その多くは上村のせいだ。

当初は、そんな根も葉もない噂はいずれ風化するだろうと思い、放っていた。

が、そのうち、上村たちが騒動を起こすたび、巌が疑われるようになり、警察に呼び出されることも多くなって実生活に支障が出始めた。

腹に据えかねた巌は、上村を呼び出した。

上村は取り巻きを十人連れてきた。その前で粋がっていたが、巌は問答無用に半殺しにした。

上村は失禁し、泣きながら命乞いをした。

その不様な姿を見て、取り巻きは離れ、上村も地元にいられなくなり、島を出た。

それで終わったと思っていたのだが、巌が島を出た後、弟や内間たちから、上村が戻ってきて座間味組に入ったと聞いた。

上村は巌にやられた場にいた取り巻きを、虎の威を借りて潰していったそうだ。

そして、巌との一件を知らない若い連中や県外の者を集め、自分の配下に置いたという。

胸くそ悪い話だったが、自分から関わらなければ、上村から自分に関わってくることもないだろうと思っていた。

しかし、まさか、こんな形で再会することになるとは……。

仕方ないとはいえ、やりきれない。

死んだ父親以外で、最も会いたくない男だった。

車は、国道五十八号線を進み、那覇市内の辻《つじ》地区に入っていった。

国際通りの西に位置するこの場所は、かつての遊郭街で、今でも風俗店が建ち並ぶ。

座間味組は、この街で置屋を仕切っていた老舗《しにせ》暴力団の一つだ。かつては一帯のほとんどを管理していたが、本土復帰の動乱やヤクザの沖縄戦争など、数々の抗争に見舞われ、暴力団に対する風当たりも強まっていった中で、徐々に衰退していった。

今もいくつかの風俗店を管理してはいるものの、メインのしのぎは、金融関係の取引やコールセンターの経営だと聞いている。

ソープランドが並ぶ地域を抜けると、鬱蒼と茂る森がある。公園の植木なのだが、長年放置されていたからか、荒れた雑木林のようになっていた。

その木々にまとわりつかれたような古いビルがある。そこが座間味組のビルだった。

車はビルの前に横付けされた。片山が降りてきて、左へ回り、スライドドアを開ける。

隣に座っていた浅野も車を降り、小走りで巌の横に来た。

「こちらです」

浅野が少し前を歩き、招く。巌が続く。

片山は二人を降ろして、車を移動させた。

浅野と共にコンクリートの階段を上がっていく。狭くて、人一人とすれ違うのも苦労するほどの幅だ。が、暴力団の事務所としては、敵に攻め入る隙を与えず、都合が良い。階段や踊り場には、監視カメラが設置されていた。

五階建てビルの五階に上がる。ドアは一つしかない。塗装は剝げ、錆《さ》びついている。

浅野はインターホンを鳴らした。中で、受話器を取った音が聞こえる。

「浅野です。渡久地さんをお連れしました」

言うと、玄関前の監視カメラが動いた。

やや間があって、ドアが開く。スーツを着た少し年配の男が顔を出した。

「ご苦労さんです。どうぞ」

中へ手招く。

巌は浅野の脇を通って玄関へ入った。

「すみません、そちらの荷物、確認させていただけますか？」

スーツの男が言う。

「疑ってんのか？」

巌は睨んだ。

「規則なもので」

スーツの男は表情を変えずに言った。

巌がスポーツバッグを差し出す。男は玄関先でバッグを開け、中を探った。武器がないことを確認し、ファスナーを閉じる。

「失礼しました」

巌に差し出す。巌はバッグを取って靴を脱ぎ、スリッパに足を通した。

「私、若頭補佐を務めている糸数《いとかず》です」

歩きながら、挨拶をする。

「島の人間か？」

「ええ、生まれも育ちも島です。渡久地さんよりは上ですが、私は渡久地さんや上村さんのような有名な者ではなく、名護《なご》の方でちょこちょこ悪さをしてたようなヤツです。でも、渡久地さんと上村さんの名前は知っていました。北の方にも届いてましたからね、名声は」

「悪名の間違いだろう？」

「まあ、一般の方にはね。でも、おれら島のワルは、年齢関係なく、渡久地、上村には憧れましたから」

糸数が太い眉を下げ、笑う。

目もぎょろりとして、迫力のある顔つきだが、時折、人のよさそうな一面も垣間見せる。

ただ、話の中身を吟味すると、どうやら、上村が吹聴した〝伝説〟とやらを信じている部類のようだ。

過去はいつまでもつきまとう。

巌は笑みを返しつつ、小さくため息をついた。

一番奥の部屋に案内された。糸数がドアをノックする。

「入れ」

野太い声が聞こえてきた。

ドアを開ける。紅い絨毯《じゅうたん》が飛び込んでくる。紫檀《したん》の机が部屋の中央奥にあった。そこに大柄で髭面《ひげづら》をした無骨な男が座っている。背後には大きなシーサーが両脇に置かれ、琉球刀が飾られていた。

巌は深く一礼して、中へ入った。

机の手前には、紫ラメのスーツを着た細身の男がいた。巌はその男を睨んだ。

上村だった。上村は細い唇に片笑みを浮かべ、座ったまま巌を見上げた。

上村の脇を過ぎ、机の前に立つ。

「ご無沙汰しております」

再び、頭を下げる。

「立派になったな、巌」

男は深い笑みを浮かべた。

座間味組の組長、古謝昌仁《こしゃまさひと》だ。御年七十になる。

かつて、沖縄戦争があった時代、本土からのヤクザをことごとく蹴散らし、武闘派で鳴らした猛者《もさ》だった。

昔は、前から歩いてきただけで身を隠さなければと思うほどの迫力をまとっていた人だったが、歳なりに温厚になったようで、今はその威勢もすっかり影を潜めていた。

「急な帰郷だったもので、土産もなく、すみません」

「なんくるない。犀川《さいかわ》さんは元気か？」

古謝が訊く。

犀川とは、波島組の組長、犀川哲郎《てつろう》のことだ。古謝と同じく今年七十歳になる。沖縄戦争では、古謝の側について共に戦ったと聞いている。

「最近、本家には出入りしてないんで細かくは知らないんですが、相変わらず、ゴルフはやってるみたいです」

「犀川さんは好きだからな。会ったら、よろしく伝えてくれ」

「わかりました」

巌が返事をする。

古謝が立ち上がった。

「どちらへ？」

巌が訊く。

「ちょっと野暮用でな。仕事の話は上村と進めてくれ。久しぶりだから、積もる話もあるだろう。ゆっくりやってくれ」

古謝は言い、机を回る。杖をついていた。

「糸数。ここはいいから、親父を送ってくれ。渡久地と仕事の話をするから、他の者は入れるな」

「承知しました」

上村が言うと、糸数は頭を下げ、古謝を支えながら部屋を出た。

ドアが閉まる。

「まあ、座ってくれよ」

上村が対面のソファーを右手で指した。

巌は上村を睨みつつ、腰を下ろした。スポーツバッグを足下に置く。上村から視線を外さずもたれ、脚を組んだ。

「そんな怖え顔するなよ。昔馴染みじゃねえか」

「そんなに馴染んじゃいないがな」

「まあ、そう尖るな。おまえには一つ貸しがあるんだ」

「あ？　おまえに借りなんざねえぞ」

「剛と泰が捕まったろ？」

上村が巌を見やった。

巌の目尻がピクッと動く。

「あれで、うちの伊佐もパクられちまったんだよ」

「勇勝か。なんで、関係あるんだ」

「竜星をやりたいから、母親をさらうのを手伝ってくれと頼まれてな。伊佐と仲間が手を貸してやったら、竜星にはやられるわ、その後パクられて全部吐いちまうわ」

「おまえがつまらん真似に手を貸したんか」

　巌が腰を浮かせる。

「おい、待て待て。頼んできたのは、剛だ。こっちも大事な舎弟をパクられてんだぞ。おまけに、痛くもねえ腹探られるしな。迷惑被《こうむ》ってんだ」

　上村は巌を睨み返した。

「生かしてやってんのは、おまえの兄弟だからだ。感謝しろ」

　上村がソファーに仰け反った。

　巌は奥歯を嚙んだ。座り直して、脚を組む。

「あのクソガキ共、ぶち殺してかまわんぞ」

　そう言い、腕を組む。

「そんなことしても、うちにメリットはねえ。ただよ。恩を売るわけじゃねえが、一つだけ頼むわ」

「なんだ？」

「俺の身内の前で、昔のことは絶対にしゃべんな」

上村がじとっと見据える。その目尻はかすかに引きつっていた。

「まだ、気にしてんのか？」

巌が片笑みを覗かせる。

上村は必死の形相で睨みつける。粋がっていた若い頃と変わらない。

巌はふっと笑い、視線を外した。

「話さねえよ。その代わり、うちのバカ共には二度と関わるな。竜星にもな」

「おまえに指図される覚えはねえぞ。こっちは借りを返して――」

上村が言いかけたとき、巌は右脚を投げ出した。踵を思いっきり、テーブルに落とす。

ガシャッと音が立ち、テーブルが揺れる。上村は一瞬ビクッと跳ね、顔を引きつらせた。

「おお、すまねえ。脚を解こうとしたら、落ちちまった」

巌は太腿に両肘をかけ、上体を倒した。

「うちの弟と竜星のことは、俺が頼んでるだけだ。そのぐらい、いいだろ？　兄弟」

わざと〝兄弟〟という言葉を使う。

上村は笑みを作り、座り直した。

「まあ、おまえがそこまで言うなら、仕方ねえな」

「悪いな。世間話はこのへんにして、仕事の話、しようや」

巌は体を起こした。ゆっくりともたれ、肘掛けに両腕をかけた。

「向こうで上から、ミューズって機械を取りに行けと言われた。こいつを納入したスマートシティってのは、西崎の球場近くの空き地に建った住宅街だろ？　あとはおまえと打ち合わせしろって言われたんだ。たかが機械を回収するだけなのに、なんで、俺らが出張らなきゃならねえんだ？」

　巌が話を進める。

「そこまでわかってんなら、話は早え。今な、そこは警察が封鎖してんだ」

「ポリが？　なぜだ？」

「そのミューズってのが暴走したらしくてな。あちこちの住宅が焼けちまって、大騒ぎだったんだよ。知らねえのか？　それ、おまえのところで扱ってるブツだろうが」

「俺はタッチしてねえ。ただ、回収しろと言われただけだ」

「三下だな」

　上村が嗤笑《ししょう》する。

　巌のこめかみが疼《うず》く。が、怒りは嚙み殺した。

「警察は、そのミューズって機械に何か仕込まれてたんじゃねえかと思ってるみたいだな。で、住民を仮住まいに移して、いろいろ調べてるみてえだ。最初その話を聞いたときは、マンガかよと笑ったんだが、東京じゃ死人まで出てるそうじゃねえか。で、そっちからもわざわざおまえが回収に来る。マジで何か仕込んだんだな、おまえんとこで」

上村が見据える。

スマートシティの話は、なんとなくは聞いていた。が、自分は同じ組にはいるが関わっていないので、詳しく知ることはなかった。

現状では、上村の方が〝仕事〟に関しての情報を持っている。

その現実がやりきれない。

「まあ、ともかく、ミューズはまだ家に残ってることは確認してる。夜は、見張りのポリだけだ」

「ポリは何人いる？」

「西崎公園前の道路から住宅街に入る道は五本。それぞれの道路が八棟の戸建てが並ぶ四区画を周回している。その前に一人ずつで計五人。裏手は塀で仕切られているから、そこにはいない」

「五人か？」

「他、敷地内を巡回しているポリが二人一組で計二組。合わせて九人だな」

「多いな……」

巌は腕組みをした。

「たかが九人だ。攻め込みゃ、一気にカタは付く」

上村が言った。

「カチコミじゃねえんだ。できれば、騒ぎにならねえほうがいいだろ」

「こっちはかまわんよ」

「上村、ガキの遊びじゃねえんだぞ」

巌が眉間に皺を立てた。

調子に乗っていた上村の顔が引きつる。

巌は、盛永から渡された住宅地の地図を見つめた。

「おい、この三十二棟の中でミューズが残っているのはどこだ？」

上村に訊く。

「焼けてねえところは全部残ってるだろうが、確実にあるのは南端の区画だな」

上村は身を乗り出し、地図を指差した。

「なぜだ？」

「ここだけ、焼けてねえんだよ。他の区画は、どっかこっか火が出て、どこも水浸しなんだけどな」

「そうか……」

また巌が地図を睨み、押し黙る。

「上村、焼けてねえのは、南端の一区画だけなんだな」

「そう言っただろ」

「住人はいねえんだな?」

「何度も言わせるな」

上村が苛立った様子で言う。

「根性あるヤツ三人、貸してくれねえか」

「作戦は俺が立てる」

「いやいや、おまえにこれ以上、迷惑はかけられねえ。俺が片づけるよ、兄弟」

巌が上村に顔を向ける。

上村はまたも〝兄弟〟と呼ばれ、顔が少しにやけた。

「まあ、おまえがそれだけ言うなら、任せるか」

「サンキュー。何かあったときは、助けてくれよ、兄弟」

「兄弟兄弟、うるせえな」

毒づく上村の顔は綻んでいた。

フリムンが。巌は腹の中で〝愚か者が〟と呟いた。

2

竜星は自室にこもっていた。

紗由美は入院している。事故の後遺症もなく傷も浅かったが、念のための入院だ。

紗由美には節子が付いている。楢山は、県警本部で剛や泰の取り調べにあたっていた。

竜星は、昨晩、自宅で生活安全部の稲嶺に事情聴取を受けた。元少年課の刑事で、竜星と泰の小競り合いや、渡久地兄弟のことをよく知っている人物だ。

自分の身に起こったことをそのまま話した。

稲嶺は納得し、一時間ほどで帰っていった。

その稲嶺の話で、今回の紗由美の拉致に座間味組が関わっていることがわかった。生活安全部はその日のうちに、拉致に関わった組関係者を拘束し、取り調べを進めている。

座間味が関係していることを案じた楢山は、金武に頼み、安達家に泊まり込んで、竜星の護衛をしてもらっていた。

午後になった今も、リビングには金武と真昌がいる。

真昌は時折、食事を持ってきたり、トイレに行くついでに声をかけたりと、引きこもる竜星を心配していた。

が、竜星は返事もせず、部屋から一歩も出なかった。

金武や真昌の気づかいはありがたい。

しかし、今は、誰かと話す気分になれなかった。

カーテンを閉め切り、マットに寝転んで、ずっとスマートフォンをいじっている。

竜星は、幾度となく送られてきたURLをクリックした。

最初に表れたのは、もぐらに関する概要が記された簡素なサイトだった。

竜司の過去が、警察官時代から記されている。竜星は夜通し、読みふけっていた。

父の話は、楢山や母・紗由美から、ちょこちょこと聞かされていた。が、詳しい話を聞いたことはなかった。

最初の妻子を捜査中の組織に殺され、激怒し、単身組織を潰した。その後、警察を辞め、〝もぐら〟としてトラブルシューターとなって生きるが、その後、外部から警察に協力し、様々な事件を解決していく中で、殉職した。

長いテキストだった。論文を読んでいるようだったが、竜星は食い入るように読み進めた。

自分が想像していた父親の像とは違っていた。

父は荒くれ者で裏街道を生き、母と自分を遺して勝手に旅立った自己中心的な昭和の男だと思っていた。

が、父の来歴を読み解くと、父はいつも誰かのために生きてきた人だった。

他人を助けるために、その命まで投げ出すほどの善人。もしくは愚か者。

竜星は、どちらかというと愚かな人だと感じたが、これまで善人というイメージは一切なかっただけに、少々困惑した。

だが、思い返してみれば、檜山や金武、益尾など、父の周りにいた者が、竜司の悪口を言うのを聞いたことはない。

節子も、竜司に関しては何も語らないが、毎朝、仏飯と水を替え、遺影に手を合わせている。竜司に対し、悪い感情は持っていないということだろう。

話の中には、母のことも書かれていた。

母が元売春婦だったことは、知っていた。泰から中学生の頃、聞かされた話だ。

どこで調べてきたのかは知らないが、泰は竜星を蔑み、集団でいじめるようになった。

母には、そのことは伝えていない。

これまで半信半疑だった。泰か誰かが創り上げた、安達家を貶《おとし》めるためのデマだとも思っていた。

いわれのない噂なら、そんなことがあるところで囁《ささや》かれていると知れば、母は怒るだろう。本当であれば、触れられたくない過去のはず。どちらにしても、母にとっては黒歴史であるかもしれないことを、わざわざ切り出すことはなかった。

しかし、テキストには、母が売春婦として生きているとき、竜司に問題解決を依頼したことが出会いだと、はっきり記されている。

沖縄へ来たのも、二人が背負った境遇から離れるためだと書かれていた。

ここに書かれていることを鵜《う》呑《の》みにしていいのかどうかは迷う。

だが、少しだけ、納得できる部分はある。

自分の中の抗えない血の正体が、壮絶に生きてきた二人のDNAであるなら、他者を寄せ付けない、なんらかの〝強さ〟を持っていても不思議ではない。

同時に、自分の中には、自分が与《あずか》り知らない〝業〟が眠っているということにもなる。

親は選べない。

どんな親であろうと、父と母がいなければ、今、自分はこの世にいない。

母は、女手一つで懸命に自分を育ててくれている。そのことには感謝しかない。

ただ、このテキストが事実だとすれば、自分の体を巡る血が呪われているような気もする。

後半には、こう書かれている。

《彼こそ、日本の難事を救った影のヒーロー。君はその血を受け継ぐ者。君の進むべき道は、偉大な父が遺した軌跡にある。君が覚醒する日を待っている》

このメールを送ってきた者は、竜星にも、竜司のように他者に命を尽くせと言っているのだろうか。

それは、ごめんだ。

まだ、自分の人生を生きている実感もない。竜司や紗由美のような過去を背負っているわけでもない。

テキストの最後は、こう締めくくられていた。

《踏み出す決心がついたなら、こちらへ》

そう書かれ、新たなＵＲＬが記されていた。

竜星は何度もテキストを読み返した。そして、最後の一文に突き当たるが、どうしても新しいＵＲＬをタップできずにいた。

何を決心するんだ？

他人のために生きる人生か。それとも、見たこともない父の遺志を継ぐ決心か。

「ふう……」

マットに仰向けになり、腹にスマホを置いて、天井を見つめた。

「なんなんだ、ほんとに……」

勢い、メールを見てしまったが、スッキリするどころか、かえってモヤモヤしてしまった。

インターホンが鳴った。真昌が返事をし、廊下を駆ける。ドアの開く音がした。

「ただいま、ごめんね」

紗由美の声がした。

竜星は、なぜかあわてて起き上がった。

その時、親指が画面に触れ、ＵＲＬをタップしてしまった。

「あ、ちくしょう」

表示された画面が目に入る。

数字が並んでいた。

「なんだ、これ？」

数字にはアンダーバーが付いていた。

気になって、人差し指でタップする。

と、地図が表れた。最初は日本全土が写った地図だった。見ていると、それがどんどんズームされていく。

「経度と緯度だったのか？」

竜星は画面を見つめた。

次第に沖縄本島が大写しになり、さらにズームされていく。そして、住宅地の区画が映ったところで止まった。

矢印が表れて点滅し、一軒の家を指す。

矢印は五度点滅して止まった。矢印の下部にテキストがタイプライターのように一文字ずつ表れ、文字列を作っていく。

《コノイエノＡＩスピーカーヲダッシュセヨ！》

《ダレニモシラレルナ！》

《ＰＣニツナギ　シキベツナンバーヲニュウリョクセヨ！　ソレガカイジョコードダ！》

粗いドット文字は、まるでロールプレイングゲームのようだ。

「ふざけてるのか？」

文字列を睨む。

《ニュウリョクセイゲン24ｈ　イソゲ！》

文字が気分を煽る。

そして、スマホ画面が切り替わり、デジタルの数字が表れた。カウントダウンが始まる。

下には入力スペースを表すアンダーバーが表示された。

「なんだ、これ」

画面を戻そうとするが、ロックされた。電源を切ろうとしても利かない。

「ウイルスかよ。まいったな……」

ため息をつく。

いきなり、ドアが激しくノックされた。ビクッとして顔を上げる。

「おい、竜星！　いるのか！」

楢山の声だった。

「こもってないで、出てこい！」

怒鳴り、ノックを続ける。

竜星は立ち上がり、スマホをテーブルに置いて、ドアの鍵を開けた。

すぐさま、ドアが開く。

楢山が立っていた。じっと、竜星を見つめる。そして、笑顔を見せた。

「元気そうだな。よかった」

「面倒かけました」

「おまえのせいじゃない。とりあえず、メシは食え。もたねえぞ」

二の腕を叩き、リビングに戻る。

廊下に出る。リビングからは、金武や真昌、紗由美、節子が心配そうに竜星を見ていた。

竜星はうつむいた。

「ほんと、カシマサンだな……」

面倒くさい人たちと呟き、笑みをこぼす。

が、この家族、この仲間は嫌いじゃない。唯一、自分が心を許せる人たちだ。

今、踏み出さなきゃいけない理由なんて、ないよな。

竜星は思い、ドアを閉じた。

3

益尾は小会議室で、甲田と植木から捜査報告を受けていた。

「沖縄のスマートシティに残されたミューズの解析ですが、システムを作ったマツシバの技術者の検証は終わったようです」

甲田が電子メモを見ながら言った。

「どうだった？」

益尾が訊く。

「睨んだ通り、ミューズからのウイルスの逆感染で変圧器と分電盤が操作され、家電の暴走を引き起こしたのだろうということです」

「だろう、というのは、ウイルスの特定はできなかったということか？」

「はい。ミューズ本体の解析をしようとすると、プログラムが消失するそうです」

「消去プログラムを仕込んでいるということか」

「ですね。うちで解析しているものは焼け残った基板で、基礎プログラムから切り離されたプログラムの痕跡を辿っているので、まだ解析できていますが、やはり、ウイルスプログラム全体はつかめないよう、組まれているので、本体は解読不可能かと。検証は、暴走しなかったミューズを、トラブルを起こした変圧器に繋いで確認しただけのものです」

「なるほど。プログラムそのものの解析はできなかったというわけか。うちのサイバー班やマツシバの技術者が無理なら、解析は難しいだろうな……」

益尾は腕組みをし、唸った。

「不可能とは言いたくありませんが、かなり困難と言わざるを得ません。また、室内で暴走を起こしたのはマツシバの家電のみで、他社のものは落ちたままでした」

「ということは、マツシバ製の家電で揃えられた、今回のスマートシティが狙い撃ちされた可能性があるな」

「その件ですが、ちょっとおもしろい話が出てきました」

植木が割って入った。

メモ帳を手にし、ぺらぺらとめくる。

「マツシバと青葉建設が共同で設立している〈未来都市構想計画〉という会社が、このスマートシティ検証を行っているのですが、システム納入者に関しては入札を行ったそうです。そこで、マイノロジー・ジャパンと争っていたのが、天使のはしごでした」

話しながら、さらにページをめくる。

「当初は、天使のはしごが優位と見られていましたが、突如、入札から排除されています。背景を調べてみたところ、入札関係者への買収工作がひどかったようですね。特に、脅迫まがいのことが問題になったようです」

「それで、仕返ししたということですか？」

甲田が訊く。

「いやいや、事はもっと複雑でね」

植木はまたページをめくった。

「その後、この都市計画構想は、国土交通省のお墨付きとなるんですが、その際、未来都市構想計画以外に、〈ＩｏＴシティコンソーシアム〉という団体が名乗り出ました。この団体は、中国の大手家電メーカー〈ＥＴＭ〉と、大手ＩＴ企業〈イージーバンク〉が共同で設立した団体です。そのメインシステム開発に天使のはしごが参画していました。国交省認定に関しても、かなり接戦だったようですが、行政は家電やスマートスピーカーの根幹が中国企業であることを憂慮し、最終的に未来都市構想計画を政府認定としたそうです」

「つまり、天使のはしごは、この計画において二度の敗北を喫したということですか」

益尾が言う。

「そうなりますな。さらにですね、今回の政府認定は、今後、地方のコンパクトシティを構築する際の基礎にしたいという思惑があるようで、成功すれば、大型の公共事業を手にすることになります」

「それは太いですね」

甲田が頷く。

「他にも、未来都市構想計画に参画しようとして断られた会社はいくつもありますが、因縁が深いのは、やはり、天使のはしごかと」

植木が断じた。

「しかし、背景はそうだとしても、今回のウイルスによるスマートシティの破壊工作を立証するのは難しいですね。根本のウイルスプログラムは検出できませんし、捜査機関が動いていると知れば、会社内からも痕跡を消すでしょうから」

「それなんですが」

植木がまたページをめくった。

「天使のはしごの代表が、つい先日、交代しました。当該の会社が関わっている可能性のある事案が動いている中での交代なので、何かあるかもしれないと思い、前代表者である円谷公紀《きみのり》との接触を試みたのですが、所在不明です」

植木が言う。

益尾と甲田の眼光が鋭くなる。

「タイミングがタイミングなので、ちょっと気になりましてね」

「社内でなんらかのトラブルがあったとすれば、切り崩せる可能性はありますね」

益尾が言う。

「そうなんですが、ここから先、突っ込むには理由がいります」

「そうだな……」

益尾は組んだ腕に力を入れ、天井を仰いだ。

はたと思いついたように、腕を解き、顔を戻す。

「未来都市構想計画に対する脅迫の件は、どう処理されていますか？」

「内々に処理をしたようです。このご時世、警察沙汰になると被害側の企業イメージにも傷が付きますからな」

「被害届を出してもらいましょう。それを基に動けば、問題はありません」

「出すでしょうか？」

「僕が行ってきます」

益尾が言う。

「植木さんは、そのまま円谷の消息を追って下さい」

「承知しました」

植木がメモを閉じる。

「ミューズの件はどうします？」

甲田が訊いた。

「現地での実証が終わったなら、システムはいったん取り外した方がいいだろうな。マツシバと青葉建設の担当者に連絡をして、ミューズを回収してもらってくれ。回収したミューズはすべてうちに集め、解析を行おう」

「わかりました。手配します」

甲田は首肯し、立ち上がった。

植木と益尾も立ち上がり、共に小会議室を出た。

4

倉吉は、早乙女に呼ばれ、〈あかり〉の事務所に来ていた。

最奥の特別応接室で向き合っている。

「円谷が遺した爆弾は見つかったか?」

「いえ。探してはいるんですが……」

倉吉はうつむいた。

毎日、空いた時間を見つけては、円谷が言った〝爆弾〟を探していたが、その痕跡すら見つからなかった。

「やはり、ただの脅しじゃないかと思うんですよ」

「あいつは根拠のない脅しはしないヤツだ」

早乙女が言う。

「ですが、円谷の個人所有のハードまで調べても何も出てきません。早乙女さんこそ、ヤツが言っていた〝最悪の天敵〟に心当たりはありませんか?」

倉吉が問うた。

早乙女は腕組みをした。

あれからずっと、〝最悪の天敵〟について考えてきた。が、思い当たらない。

今考えられる〝最悪〟は竹原だ。しかし、竹原を早乙女に差し向けるつもりなら、あの場で、あることないことを暴露し、お互いが猜疑心《さいぎしん》に駆られるように引っ掻き回して死んでいっただろう。

最悪の天敵とは、竹原にも向けられた言葉だと感じている。

そうなると、ますますわからない。

警察は天敵だが、警察を投入するなら、死が迫ったと感じたときになんらかのデータを送っていたりするだろう。

警察関係らしき者が円谷を調べている形跡があるという情報は入っているものの、内偵されている感じはない。

いずれにしても、円谷が差し向けたにしては、時間が経ちすぎている。

「早乙女さん。もう、円谷のことは気にしないようにしましょう。死んでまで掻き回されてちゃ、ヤツの術中に嵌《は》められたようなものです。それはそれで苦々しくないですか？」

倉吉が言う。

「それもそうだな……」

早乙女は納得いかないものの、倉吉の言う通り、死んだ人間の遺した言葉を気にしすぎて計画が頓挫すれば、それこそ、円谷の思惑通りとなる。

くたばった輩の思い通りに潰されるのは、癪《しゃく》だ。

早乙女は腕を解いて、太腿をパンと叩いた。

「わかった。もう、爆弾の件は放っておけ」

「そうします」

倉吉が首肯する。

早乙女は気持ちを切り替え、話題を変えた。

「スマートシティの件だが、ミューズの混乱で、未来都市構想計画に与えられた認可が取り消しになるという話が出ている。そうなればまた、政府は新たな団体に認可申請を行うことになる。それを見込んで、我々も新たな団体を設立することになりそうだ」

「ＩｏＴシティコンソーシアムではないんですか？」

「あれは味噌《みそ》をつけたから、廃止だ。国内の中堅家電メーカーとゼネコンを中心とした団体を作る。出資元はＥＴＭとイージーバンクだが、投資会社を経由して、資金を提供する。そこで、君たちも新会社に移行してもらいたい」

「新会社とは？」

「〈メロディータイム〉というソフト制作会社を買収した。君たち、ミューズの破壊プログラムに携わったチームは、そちらへ異動させる」

「急ですね」

「警察が、思いのほか捜査を進めているからな。今のうちに手を打った方がいいと判断した」

「では、私はメロディータイムの代表ということになるんですね？」

「いや、君たちは業務委託契約で仕事をしてもらう」

「フリーになれと？」

倉吉が怪訝《けげん》そうに眉をひそめた。

「君たちがごっそり異動すれば、籍を置いた会社が調査されることになる。君たちは、天使のはしごでの待遇に不満を唱え、改善されなかったため退職した、という形で抜けてもらう」

「それはかまいませんが、待遇は保証してくれるんでしょうね？」

「福利厚生はなくなるが、その分、報酬は上乗せする。また、必要な機器を揃えたオフィスも提供するので、君たち自身が設備投資をすることもない。実質、メロディータイムを動かすのは君たちで、肩書が変わるだけのことだ」

早乙女が淡々と語る。

「竹原さんは承知しているんですか？」

「竹原氏からの提案だ」

早乙女が言った。

倉吉はうつむいて、小さくため息をついた。竹原の決定では逆らえない。

「わかりました」

倉吉は顔を上げず、返事をした。

「すまないな。そういうことなので、一週間以内に退社準備を進めてくれ。まず、ミューズ破壊プログラムチームの面々にこの事実を伝えること。もう一つは、ミューズ関連のデータはすべて消去すること」

「プログラムもですか？」

「そうだ。痕跡は一切残すな」

「検証に利用したマツシバの家電や変圧器はどうします？」

「それは、竹原さんの産廃会社が処理してくれる。君は天使のはしごにある痕跡をすべて片づけてくれ」

「わかりました」

「さっそく、動いてくれ」

早乙女が言う。

倉吉は一礼して、席を立った。

早乙女は倉吉の不満げな気配を感じつつ、後ろ姿を見送った。

5

夜九時を回り、竜星は自室に戻った。

昼間から飲み続けた楢山と金武は、竜司の仏壇のある部屋で寝てしまった。

真昌はさすがに連泊はまずいらしく、少し前に帰った。

紗由美も元気はあったが、やはり疲れは隠せず、節子と共に床に就いた。

安達家は、めずらしく午後十時前に静かになった。

しんとした部屋で、デスクスタンドの明かりだけ点け、机の前に座った。

竜司と紗由美の経歴を読み、紗由美と楢山を前にして、聞きたいことはたくさんあった。

が、いつもと変わらぬ様子で楽しそうにワイワイガヤガヤしているさまを見るにつけ、どうでもよくなった。

過去がどうであろうと、自分の血が、ＤＮＡがどんなものであろうと、自分は自分。そして、周りには、育ててくれた母がいて、見守ってくれた楢山や節子がいて、金武や真昌もいる。

それでいいんだと思う。それ以上、何があるわけではないとも思った。

自分の中の荒ぶる何かを感じ、動揺したが、今は落ち着きを取り戻した。

スマートフォンを手に取る。

「ああ、これか……」

ため息をつく。

カウントダウンは続いていた。試しに画面や電源をいじってみるが、変わらない。

アンダーバーの下に文字が並んでいた。

《コードヲイレナケレバ　スベテノデータハキエ　コノタンマツハシヨウフノウニナル》

「冗談じゃない」

画面を睨む。

スマートフォンの中に、特別なデータがあるわけではないが、端末が使えなくなるのは困る。

うちに、買い換える余裕はない。

適当にコードを打ち込んでみたが、すぐに弾かれた。

「ふう……仕方ないか」

糸満市の西崎町までは、自転車で一時間半ほどかかる。近くはないが、行くしかないかと竜星は思った。

とりあえず、ＡＩスピーカーを手に入れて、指示通りにコードを入力するしかなさそうだ。

竜星はノートパソコンやＵＳＢコード、スマートフォンを小さなリュックに入れた。自転車と家の鍵を取り、スタンドの明かりを消す。

ドアをそっと開けた。リビングの方は暗い。楢山のいびきも聞こえる。

竜星はそっと玄関へ行き、スニーカーを取って、音を立てないように外に出た。

6

巌は、上村から預かった三人の組員と自宅にいた。

浅野と片山の顔があった。もう一人は友利《ともり》という小柄な男だった。

三人とも若いが、渡久地の異名は知っている。巌と仕事ができることに昂《たか》ぶっているようだった。

巌は時計を見た。午後十時を回ったところだ。三人を待たせている広間に入る。

リラックスしていた三人は、いきなり正座した。

「お疲れさんです」

三人が頭を下げる。

「そう、硬くなるな」

巌は苦笑した。

三人の前に座り、胡坐をかく。

「そろそろ行くが、もう一度、確認しておく」

そう言い、巌は地図を畳の上に置いた。

「俺は、火が出ていない南の区画で、ミューズを回収する。その隙に、おまえらは他の三区画の住宅の間に、ガソリン入りのポリタンクを持って侵入し、身を潜めて俺の指示を待つ。俺の合図と共に、おまえらはガソリンをばらまき火を放って、三方へ逃走する。捕まるんじゃねえぞ」

巌の言葉に、三人は緊張した面持ちで頷いた。

「もし、誰かが捕まっても、助けようとするな。三人ともいかれちまったら、面倒だからな。捕まった時の言い訳は？」

浅野を見る。

「金目の物をあさりに来た」

「それでいい。それを通せ。火を点けたのは？」

片山を見やる。

「盗みの証拠隠滅」

「そうだ。それも主張し通せ。まあ、それ以前に、逃げ切ることが一番だがな」

「渡久地さんが捕まりそうなときはどうするんですか？」

友利が訊いた。

「心配するな。俺は何があっても逃げ切れる」

にやりとする。

その余裕に、友利たちは顔を強張らせた。

「万が一、合図の前に見つかっちまったら、合図を待たずに火を放って逃げろ。いきなり火が噴きゃ、ポリといえども怯む。その隙を逃すな。現場から一キロ離れた三ヶ所に、原チャリを停めてある。そこまで走ったら、原チャリで事務所に戻れ。焦って、スピード出すんじゃねえぞ。普通に運転して帰るんだ。原チャリの場所は覚えたな？」

「はい、叩き込みました」

浅野の言葉に、片山と友利も首肯した。

「一発勝負だ。行くぞ」

巌と三人は立ち上がった。

7

竜星は自転車を飛ばし、一時間半ほどで西崎運動公園に着いた。暗がりに自転車を停め、地図が表示していた住宅街に行く。

が、住宅街への入口は規制線が張られ、警察官が立っていた。

「ああ、ここ、こないだ火事があったところか」

益尾の話を思い出す。

ということは、ＡＩスピーカーはミューズというやつなんだろうな。

しかし、父の件とミューズに何の関係があるんだ？

ふと疑問が浮かぶ。

が、すぐに顔を横に振った。

どうであろうが、ともかく、指示された家にあるミューズとスマホをパソコンにつなぎ、識別番号を入れるしかない。

竜星は通行人を気取りつつ、侵入できる場所を探した。

住宅街を周回する道路の東側は、別の住宅街との仕切り塀が設置されていた。

竜星は隣の住宅街にある家の敷地に入った。庭を横切り、塀の陰にしゃがんで身を隠す。

ブロックに手をかけ、懸垂の要領で体を引き上げる。

目的の住宅街の道路を、二人の警官が歩いていた。懐中電灯を揺らし、パトロールしている。

目指す家は、塀を乗り越え、真向かいの二軒目だ。

警官が近づいてきた。竜星はいったん降り、しゃがんだ。足音が近づいてくる。懐中電灯の明かりが、暗がりをちらちらと照らす。

大きくなった足音が少しずつ小さくなってきた。揺れる明かりも遠ざかっていく。

竜星は再び、塀の裏から顔を出した。警察官たちは道路を真っ直ぐ進み、右に折れた。姿が消える。

竜星は一気に塀を越えた。飛び降りると、低い体勢のまま、目指す家に走る。

前方で懐中電灯の明かりが揺れた。警官が戻ってきているようだ。懐中電灯の明かりが道路を照らした。

竜星はとっさに植え込みを飛び越えた。庭で一回転する。すぐさま、植え込みの陰にしゃがみ、身を隠した。

足音が近づいてきた。息を潜める。植え込みの陰から、懐中電灯の明かりがかすかに漏れる。

警察官の影が見えた。懐中電灯の明かりが竜星を照らした。

竜星は息を止めた。

明かりはすぐに外れ、警察官が目の前から過ぎていく。明かりと足音は遠退いた。

竜星は深呼吸をした。動悸《どうき》が高鳴る。三度、深呼吸をし、拍動を落ち着けた。

しんとした暗がりに戻る。

竜星は低い姿勢で玄関に近づいた。ドアバーを倒し、引いてみる。当然だが、鍵は閉まっていた。

庭に戻って、家を見回す。隣の家との隙間に窓がある。

仕方ないか……。

竜星は庭石を取り、隙間へ入った。持っていたハンカチをクレセント錠のある位置に当てる。そして、庭石で二、三度叩いた。

ガラスが割れた。指を入れ、錠を開く。サッシを引くと、窓が開いた。

竜星は急いで中へ潜り込んだ。

台所だった。キッチンカウンターから床に降りる。ようやく、息をついた。

竜星はキーホルダーについたＬＥＤライトを点けた。手のひらを被せ、近い場所だけを照らす。

リビングに入った。ＩｏＴ機器と繋がっているＡＩスピーカーがあるとすれば、リビングだと踏んだ。

くまなく探してみる。

電話機の横に、円形の物体があった。

「これだな」

竜星は、明かりが棚で遮られるようにライトを置き、ＡＩスピーカーを取り外した。ノートパソコンとスマートフォンを出し、ＵＳＢハブを使い、三つの機械を接続した。とＡＩスピーカーが起動した。ノートパソコンの画面には、スマホ画面と同じ、カウントダウンデジタルが表示される。

ＡＩスピーカーの底にある明かりも七色に変化していた。

「なんなんだ、これは――」

ＡＩスピーカーを持ち上げ、識別番号を探す。底のシールに、十桁の英数字が記されていた。

「これだな。ＦＷ２４５――」

確かめながら、スマホで英数字を入力していた。

その時、背後から凄まじい殺気が漂ってきた。竜星の全身が粟立《あわだ》つ。

手を止めた。瞬間、空気が揺れるのを感じた。

竜星はとっさに前方へダイブした。一回転し、立ち上がる。反転した。

目の前に拳が迫っていた。竜星は腕を上げてクロスした。

ガードの上に拳がめり込む。骨が軋《きし》んだ。

強烈なパンチに、竜星は弾き飛ばされた。後退し、尻を落とす。

敵は眼前に迫った。脚を振り上げ、踵を降ろそうとする。

竜星は両脚で地を蹴り、後転した。立ち上がろうとしたところに、蹴りが飛んできた。

顔の左に両腕を立てる。

強烈な蹴りに横倒しにされた。倒れた拍子に、側頭部を打ちつけ、一瞬眩《くら》んだ。

腹を思いっきり蹴り上げられた。竜星の腰がくの字に折れた。目を剝き、涎《よだれ》を吐き出す。

目の端に影が被る。竜星は横に転がった。頭のあったところに敵の靴底が落ちた。

「誰だ、おまえは！」

竜星が叫んだ。

と、敵が止まった。明かりで照らされる。竜星は目を細めた。

「竜星か？」

聞き覚えのある声だった。

視界が戻り、明かりに照らし出された男の顔を見る。

「巌さん？」

確かに渡久地巌だった。

「何やってんだ、おまえ？」

「巌さんこそ、何やってんですか」

立ち上がり、服を整え、腹をさする。

「おまえには関係ねえことだ」

巌は明かりを照らした。ＡＩスピーカーを見つけ、取ろうとする。

「あ、触らないでください！」

竜星が駆け寄った。

「何してんだ？」

「詳しい話は長くなるので、また今度。これを取りに来たんですか？」

ＡＩスピーカーを差す。

「そうだ」

「じゃあ、ちょっと待ってください。すぐに終わりますから」

竜星は裏を見て、急いで、識別番号を入力した。巌は手元を覗いていた。

十桁の英数字を入れ終える。

すると、ノートパソコンとスマホのカウントが止まった。そして、何かが逆流してきた。

アプリケーションのメモ帳機能が立ち上がり、目まぐるしく、プログラムとテキスト文字が流れていく。

「なんだ、こりゃ？」

巌がまじまじと画面を見やる。

「さあ……」

竜星も首を傾げた。

何かをダウンロードし終えると、パソコンの画面が点滅した。

数字がザッと表示され、すべてがシャットダウンした。

途端に暗くなる。

「なんだったんだ？」

「いや、僕にも……」

竜星はＡＩスピーカーを外した。

「どうぞ」

巌に渡す。

「ああ、すまんな」

巌も釈然としない顔で受け取った。

竜星はノートパソコンやスマホをリュックに突っ込んだ。

「用は済んだのか？」

「はい」

竜星はリュックを背負い、立ち上がった。

「じゃあ、さっさと去れ」

「言われなくても、失礼します」

竜星は一礼し、背を向けた。

「おい」

「なんです？」

振り返る。

「ここで俺と会ったことは、誰にも言うんじゃねえぞ」

「わかってます。巌さんもお願いしますね。お互い、内緒ということで」

竜星はもう一度会釈し、玄関へ向かった。

巌は、竜星を微笑んで見送ると、自分の仕事に戻った。


竜星は侵入経路と同じ道を辿って、封鎖された住宅街を出た。

警察官に見咎《みとが》められないよう、西崎運動公園に戻る。隠し停めていた自転車の前まで来た。

ふうっと息をつく。途端、腕や腹にズキッと痛みが走った。

袖をまくり、遊歩道の明かりに照らしてみる。拳や脛の痕がくっきりと残っていた。

「やっぱり、すごいな、巌さんは」

改めて、ぞくっとした。

泰には凄まれても何も感じない。剛とは先日、初めて対峙したが、怖さは感じなかった。

だが、巌は違った。

刺すような殺気だった。殴り合うというレベルではなく、最初から殺しに来るような恐怖を肌で感じた。

楢山とも、金武とも違う殺気。こんな感覚は初めてだ。

頼まれても、二度と対峙したくない。

袖を下ろし、手首を少し回して、自転車にまたがった。

でも、巌さん、あんなところで何をしていたんだろう……。

気になった。

が、すぐ、顔を振った。

「関わらない」

自分に言い聞かせるように、口に出した。

自転車を漕《こ》ぎ出《だ》す。少し遠回りしようとも思ったが、巌のことがどうしても気になり、住宅街の方へ前輪を向けた。

ゆっくりと住宅街の方へ走らせる。交差点が近づき、速度を落とした。

その時だった。

ドン！　と、腹に響く音がした。たまらず、首を引っ込める。

「なん……だ？」

顔を上げた。

住宅街に火の手が上がっていた。

竜星は、突然のことに呆然として、住宅街を見つめた。

炎はみるみる、家を飲み込んでいく。あきらかに普通の失火ではない。

「待て！」

警察官の怒鳴り声が聞こえた。

住宅街から若い男が飛び出してきた。竜星とは反対方向に走っていく。それを警察官が数人で追いかけていた。

見ていると、スキンヘッドの男も出てきた。周囲を気にして、竜星の前を過ぎる。竜星はとっさに顔を逸らした。

他の警察官も住宅街から出てきて、通りを見回す。そして、左右に散って走った。

少しして、竜星が出てきた場所から、巌が出てきた。バッグを肩に掛け、公園の方へ走ってくる。

巌は、竜星の脇を走りすぎるとき、声をかけた。

「さっさと逃げろ」

そう言い、公園の中に消えていく。

遠くから、サイレンの音が聞こえてきた。

周囲の家からも人が出てくる。

竜星は、住人の目を避けるように反転し、走り去った。

8

益尾は警視庁の庁舎に残り、書類に目を通していた。

益尾が抱えている事件は、全部で四十件もある。今は、マイノロジー・ジャパンの件に力を注いでいるが、他の事案も放っておくわけにはいかない。

時間のあるとき、他の案件にも目を通し、捜査員への指示を一人で検討していた。

未来都市構想計画への脅迫の件は、担当者に被害届を出させることで話が付いた。担当は植木に引き継ぎ、進めている。

天使のはしごがミューズの件に関わっているのかは定かでないが、少しでも解明の糸口をつかめればと願っている。

デスクの電話が鳴った。

益尾は、書類に目を落としたまま、受話器を持ち上げた。

「サイバー班、益尾です」

——屋良です。

電話をかけてきたのは、沖縄県警本部サイバー犯罪対策課課長の屋良だった。

「どうも。うちの甲田から連絡がいきましたか？」

——はい。明日の午後から、ミューズシステムの撤収作業を始めるとのことでしたが。

「ええ。本当は今日にでも作業を始めたかったんですが、マツシバと青葉建設の担当者の都合がつかなかったので。申し訳ありませんが、明日まで、現場の保存を——」

——その件なんですが……。

屋良の声が沈む。

——先ほど、何者かが住宅街へ侵入し、火を放ちました。

益尾の顔が険しくなった。

「どういうことですか？」

——そのままです。警備はしていたんですが、その目を掻い潜り、侵入してガソリンをまき、火を放ったようです。申し訳ない。

電話の向こうで、屋良が頭を下げているさまが手に取るようにわかる。

「四区画、すべてですか？」

――はい。被害のなかった住宅にも放火されました。

「犯人は？」

――何人かいたようですが、逃げられました。まったくもって、かたじけない！

屋良の声が上擦った。

「いえ、まさか、火を点けに来るとは思わないでしょうから。僕も早く撤収を決断すべきでした」

益尾は言った。

「目的はなんですか？」

――今、消火活動をしています。その上で、現場検証して、推察するしかなさそうです。

「何かわかったら、すぐにご連絡ください」

――わかりました。

屋良は恐縮しきりに電話を切った。

「まさか、ミューズを消すために火を放ったわけじゃ……」

益尾は受話器を握ったまま、宙を睨む。

事態が大きく動き、きな臭くなってきた。

「一応、知らせとくか」

益尾は、スマートフォンを手に取った。

9

浅野は事務所へ戻った。

すぐに、上村の待つ組長室へ行く。ノックをし、ドアを開けた。

上村は、組長の椅子に座っていた。

「ただいま、戻りました」

「おう、ご苦労さん」

上村は背もたれに頭をあずけて仰け反り、言った。

上村の脇には、糸数が立っている。組長気取りの若頭と、それに取り入る若頭補佐が目の前にいる。

浅野は不快だったが、顔には出さなかった。

「他の連中は？」

「おまえが一番だ。うまくいったか？」

「たぶん、大丈夫だと思います」

「渡久地はミューズを回収できたのか？」

「おそらく……」

「あいつも抜けたところがあるからな。まあ、俺はおまえらがパクられなきゃ、それでいいんだよ。俺のダチの手伝いをしてパクられたんじゃ、面目ねえからな」

上村が偉そうに言う。

浅野は、上村と渡久地の本当の間柄を知っていた。昔、何もできず一方的に殴られ、泣きじゃくって失禁したことも——。

ただ、今の沖縄で、そのことを口にすれば、追い込まれて半殺しにされるだけだ。

「まあ、オレらは大丈夫だと思うんですが……」

「何かあったか？」

上村が訊く。

浅野は少し言い淀んだが、顔を上げた。

「オレたち以外に、誰かいたみたいなんですよ」

「誰だ？」

「わかりません。けど、合図用に繋いでいたスマホから会話が聞こえてきました。確か、リュウセイとか言ってたような……」

「竜星だと？」

上村の顔から笑みが消えた。

「知ってんすか？」

「いや、なんでもねえ。何を話してた?」

「すぐ終わるとか、誰にも言うなとか……そんな感じのことでした」

「そうか……」

上村が腕組みをする。

「この件は、他の者には黙っとけ。俺が渡久地に訊いてみるから」

「わかりました」

「休んでいいぞ」

「ありがとうございます」

浅野は一礼して、部屋を出た。

ドアが閉まる。

「竜星というのは、安達竜星ですか?」

糸数が小声で訊いた。

「おそらくな」

「なぜ、現場で渡久地と?」

「わからんが、偶然というのも考えにくい。糸数、騒ぐことはねえが、ちょっと用心してろ」

「わかりました」

糸数は返事をした。

上村はドアを睨み、肘掛けを握った。

10

早乙女は仕事を終え、自宅マンションに戻っていた。

シャワーを浴び、冷蔵庫からビールを取り出して、ソファーに戻る。プルを開け、ビールを飲んでひと息つくと、スマートフォンのライトの点滅に気づいた。

「誰だ？」

手に取り、メーラーを起動する。

知らないアドレスから届いている。

「迷惑メールも面倒だな」

とりあえず、開いてみる。

くだらない文章が並んでいるのだろうと、中を見た途端、早乙女は固まった。

「なんだと……？」

早乙女の手が震える。

メールの差出人は、円谷だった。

《早乙女。今頃、我が世の春を謳歌《おうか》しているだろうが、ついに動きだしたぞ、最悪の天敵が。そいつの名は〝もぐら〟だ。覚悟しておけ》

もぐらとは、父を追い込んだ影野竜司のことだ。

しかし、あいつは死んでいる。

「どういうことだ……」

早乙女は、スマホを握ったまま、震えを止められなかった。

11

「ああ、わかった。気をつけとくよ」

楢山は電話を切った。スマートフォンを握り、暗い中、小さく息をつく。

電話は、益尾からだった。

西崎での火事のことを伝え、ミューズに関係している者の動きが本格化しているようなので警戒してほしい。コールセンターで働く紗由美には、ミューズの件に触れないよう注意してほしいとのことだった。

紗由美は、益尾や屋良から要請がない限り、この件には関わらないだろうから心配はないと楢山は思っていた。

紗由美もずいぶん落ち着いた。

特に、竜司を失い、竜星が生まれてからは、自らトラブルを遠ざけるようになった。

先日は、竜星のことでトラブルにまきこまれてしまったものの、こうしたことはめったにない。

紗由美は沖縄に根付き、しっかり〝母〟として生きていた。

ただ、益尾が心配するのもわかる。

竜司と生きた数年間は、関わった誰にとっても壮烈な人生だった。

益尾の中にも、その時代の記憶が強く刻まれているということに他ならない。

「ほんと、おまえはどこまでも人を振り回すヤツだな」

楢山は仏壇の竜司の遺影に目を向け、微笑んだ。

スマホを置き、トイレに立つ。用を足して出てきて、竜星の部屋の方を見る。

やけに静かだ。

部屋に近づき、静かにドアを開けてみた。

竜星の姿がない。

「どこ行ったんだ？」

首を傾げつつ、ドアを閉め、部屋に戻った。

第五章

1

深夜、早乙女は、未来リーディングの社長室に来ていた。ソファーで向き合う。竹原の後ろには、盛永が立っていた。

早乙女は、竹原に届いたメールを見せた。

「もぐらというのは?」

竹原が訊く。

「影野竜司という男です」

「ああ、その名前は知ってますよ」

盛永が割って入った。

「一人で志道会《しどうかい》を潰して、その後、トラブルシューターをしていた男です」

「そんなヤツがいたのか？」

竹原が、首を傾けて盛永を見上げた。

「ええ。裏社会では有名な名前でした。当時の話を聞いただけですが、影野竜司は強いなんてものじゃなくて、的にかけられたら死は確実。もぐらって名前を聞いただけで、組関係の人間もビビってたと言います。しかし、確か、ずいぶん昔に死んだはずですが」

「そうなんですよ。もう十七年も前に死んでます」

早乙女は動揺を隠せない。

「早乙女さんともぐらの関係は？」

竹原が訊く。

「私の父を追い込み、警視総監の座から引きずり下ろした張本人です」

悔しそうに拳を握る。

「因縁の相手というわけですか」

「言われればそうですが、ヤツも死んだので、すっかりその存在すら忘れていました。それがここに来て……」

早乙女がまた困惑したように黒目を泳がせる。

と、竹原が笑った。

「なるほど。円谷も食えねえヤツだな」

笑いながら、早乙女のスマートフォンをテーブルに置いた。

「早乙女さん、最悪の天敵の正体がわかりましたよ」

「なんです？」

「今のあなた。深層にある恐怖や憤りを引き出して、永遠に気にさせること。実存しない影に怯えさせ、自滅させる。なるほど、最悪だ」

竹原は笑うのをやめない。

「そんな単純なことでしょうか？」

「ええ、単純な話です。いえね、私らの脅しでもよくやる手口なんですよ。たとえば、私が〝早乙女さん。あなた、世田谷に住んでますよね？〟と訊く。あなたはどう思います？家を知られている。何かされるのではないだろうか、と不安になるでしょう？　しかし、私はあなたに何かをするとは一言も言っていない。勝手に相手が想像をふくらませ、その妄想に怯えるだけなんです。私たちにはそれで十分。相手は意のままに動いてくれる」

「しかし、円谷はもういないのですよ」

「ポイントはそこです。私たちは、事を優位に運ばせるためにそうした手段を取りますが、円谷にはそんなことどうでもいい。あなたが気にして、自滅すれば、それで本望、というわけです」

竹原は滔々と語った。

「このアドレスを倉吉に調べさせましょう。おそらく、まるで事態が動いているかのように見せかける不定期な時限プログラムを、どこかのサーバーに置いているはず。それを見つければ最悪の天敵もおしまいです。このスマホ、借りていいですか？」

「はい……」

「盛永、倉吉に届けてくれ。すぐに解析させろ」

手に取って、後ろに差し出す。

「わかりました」

盛永は受け取り、部屋を出た。

「まあ、早乙女さん。天敵の話はこのくらいにして、メロディータイムへの移転作業は進んでいますか？」

「とりあえず、予定通りですが……」

「何か、気になることでも？」

竹原が訊く。

「倉吉ですか？」

竹原が言う。

早乙女は目を見開いた。

「業務委託になることに不満を持っているというところですか」

「なぜそれを……」

早乙女は思わず漏らした。

「あのタイプは、跳ねるんですよ」

「跳ねる？」

「調子に乗るということです。元々、気の小さいタイプでしょう。円谷のような度胸はない。それが、仕方なかったとはいえ、円谷を射殺し、私たちの信任を得て、曲がりなりにも代表の地位を得た。思わぬ形でトップに立ち、自分の力を過信しているんですよ。チンピラのメンタルとそっくりだ。退社を拒んでいるのですか？」

「そういうわけではないんですが、今まで、私に意見したことのなかったヤツなので、気になりまして」

「早乙女さんも苦労性ですね。大丈夫。あいつは扱いやすいですよ。力には弱い。あまり早乙女さんに逆らうようなら、いつでも連絡してください。数分でねじ伏せますから」

竹原はにやりとした。

その笑みは冷淡で、早乙女の腕に鳥肌が立った。

「沖縄の件はどうなりました？」

早乙女が訊く。

「起動しなかったミューズは回収しました。他は焼けてしまったでしょう」

「焼けた？」

「うちの者が火を点けましてね。まあ、警察が現場を封鎖してましたから、良い判断だったとは思います」

　こともなげに言う。

「放火したということですか？」

「端的に言えば、そうなりますね」

「何を考えているんですか！　そんなことをすれば警察に目を付けられて、私たちまで――」

「私たちまで、なんです？」

　竹原の目がふっと据わった。

　早乙女は、言葉を呑み込んだ。

「早乙女さん。これ以上は言いませんが、最後にもう一度、確認しておきましょう」

　竹原は上体を倒し、睨《ね》め上《あ》げた。

「あんたはもう、俺たちの枠から逃れられねえんだよ。忘れるな」

　どすの利いた声で静かに言う。

　早乙女の眦《まなじり》が引きつった。胸の奥に刃をゆっくりと突き入れられたような恐怖が、腹の底から込み上げる。

　竹原は体を起こし、ソファーにもたれた。笑顔を作る。

「まあ、そう心配しないでください。今回の放火は、結果、良い方に転びます。関係した者はみな、捕まらずに逃げ切りました。すぐに飛ばすんで、しばらくは足が付きません。それと、行政は裏関係のトラブルは嫌いますから、今回の件で、マツシバ・青葉建設連合の未来都市構想計画が認定から外されるのは確実でしょう。我々が新しく設立する団体が認定を勝ち取れば、あとは資金力を背景に一気に構築してしまうまでです。そこまでが勝負ですが、敵はほぼ潰したので楽勝です」

竹原が自信ありげに話す。

「そして、我々は新たな団体の顔を、早乙女さんに務めていただきたいと考えております」

「私が、ですか？」

「ええ。早乙女さんは、ＮＰＯ法人を設立し、行政と組んで、引きこもりの社会復帰支援を行ってきた。裏の顔はともかく、表では光る背景を持ってらっしゃる。そこは、どうしても我々が持てない部分です。早乙女さん、〈あかり〉を設立したときの理念は、まだお忘れではないでしょう？」

「それは、もちろん」

「であれば、ここで一気に力を得ましょう。出すぎる杭は打たれない。そして、早乙女さん。あなたが時代の寵児《ちょうじ》となってください」

「時代の寵児……」

「そうです。あなたにはその資格がある。亡きお父さんの無念を晴らしましょう！」

竹原が強い口調で言う。

早乙女をつなぎ止めるための甘言だということはわかっている。が、言葉の端々が、早乙女の奥にくすぶっている澱《おり》に染み入る。

飴《あめ》と鞭《むち》の使い方が絶妙にうまい。

「早乙女さんは、次への準備を確実に進めてください。手を汚すのは、私たちの役目。あなたを寵児に押し上げるまで、私は走ります。早乙女さんも一緒に走ってください。よろしくお願いします！」

竹原はテーブルに手をついて、頭を下げた。

「竹原さん！」

「ここが、私にとっても正念場！　お願いします！」

「竹原さん、頭を上げてください！」

早乙女はあわてて二の腕を握った。

強く出たり、持ち上げたり、頭を下げたり。どれもが計算ずくなのはわかっているが、どうにも返しようがない。

「わかりました。共に上りましょう」

「ありがとうございます！」

ガバッと顔を起こし、満面の笑みを浮かべ、早乙女の手を握る。

敵わないな、この人には……。

早乙女は観念しつつ、竹原の手を握り返した。

「よろしければ、これから気晴らしに一杯どうですか？」

「私は、明日もありますので」

「まあ、いいじゃないですか。行きましょう」

竹原が強引に誘う。

早乙女は仕方なく、竹原と夜の繁華街に出かけた。

2

巌は、少し時間をかけ、午前零時を三十分ほど過ぎたところで、座間味組のビルに戻った。

組長室に入ると、組長の古謝の姿はなく、椅子には上村が座っていた。高い背もたれにふんぞり返っている。まるで、自分が組長であるかのような態度だ。その脇には糸数が立っていて、ソファーには、浅野と片山、友利の顔があった。

「おう、ご苦労さん」

　上村が言う。

　巌は先に、三人に声をかけた。

「おまえら、捕まらなくてよかった。ありがとうな」

　労《ねぎら》いの言葉をかける。三人は微笑み、会釈をした。

　巌は、スポーツバッグを肩から外し、紫檀の机に置いた。

「兄弟、すまねえが、これを朝イチで、竹原さんのところに送ってくれるか。壊れねえように梱包《こんぽう》して」

「わかってる。預かるよ」

　糸数を見やる。糸数は頷き、スポーツバッグを取って、足下に置いた。

「疲れたろう。ゆんたくでもするか？」

「いや、寝かせてくれ。ここんとこ、あまり寝てねえんだ」

「おまえも歳食ったな」

「そりゃ、お互い様だ。じゃあ、俺は明日の朝早く出る。見送りはいい。おまえらと一緒にいるところは見られねえ方がいいだろうからな」

「それもそうだな」

「世話になった、兄弟」

巌は言い、背を向けた。ドア口に歩み寄る。

「ああ、そうだ」

上村が呼び止めた。

「現場で何かなかったか？」

「何かとは？」

ノブを握ったまま、振り返る。

「誰かに見られたとか」

「心配するな。俺もそいつらも完璧にやった。通行人には見られたかもしれねえが、暗がりだ。覚えちゃいねえよ」

「本当だな？」

「嘘ついてどうすんだ」

巌が睨む。

上村は微笑んで、右手のひらを上げた。

「そんな怖え顔するな。念のために訊いてみただけだ。お疲れさん」

「ああ、遅くまですまなかったな。古謝さんによろしく伝えてくれ」

巌はそう言い、部屋を出た。

ドアが閉まる。上村の顔から笑みが消えた。

「あのガキ、とぼけやがって……」

呟く。

ソファーの三人が顔を強張らせる。

上村は、浅野だけでなく、片山と友利にも、現場での様子を聞いていた。浅野以外の二人も、巌の不自然な会話と竜星の名を耳にしていた。

「どうします？」

糸数が訊く。

「まあ、波島からの仕事は片づいた。何もねえなら、放っておこう」

上村はドアを睨んだ。

3

盛永は、倉吉のマンションにいた。リビングのソファーに座り、置いてあったウイスキーを勝手に開け、ラッパ飲みしている。

正面では、倉吉が、早乙女に届いたメールを解析していた。

倉吉は、寝ていたところを叩き起こされ、強制的に作業をさせられている。

メロディータイムへの移転作業で連日残業が続き、眠くて仕方ないが、竹原からの命令とあらば、従わざるを得ない。

ヘッダーからIPアドレスを割り出し、サーバーを辿っていく。

その作業自体は難しいものではない。ただ、ネットワークを辿っていけばいいだけだからだ。

が、途中で自家サーバーに繫がれていたり、痕跡を消されていたりすると、追跡は面倒なものになる。

円谷が仕込んだトラップ。単純にはいかないだろうと、気負って臨んだ。

しかし、IPアドレスの追跡は、思いのほか簡単だった。ヨーロッパやアメリカ、ケイマン諸島などの経由サーバーが次々と判明する。

倉吉は首を傾げた。

「どうした？」

盛永が訊く。

「いえ……。円谷が仕掛けたにしては、あまりにサクサクと進むもので」

「いいじゃねえか」

「そうなんですが……」

倉吉の顔が曇る。

と、盛永がふっと笑った。

「前から思ってたんだけどな。おまえにしても、早乙女にしても、なんでそんなに円谷を怖がるんだ？」

訊いて、ボトルを傾ける。

「一言で言うと、得体が知れなかったんですよ。破壊プログラムを作ったり、官庁のデータを抜き取ったりすることにはなんの抵抗も見せないのに、金に執着しているのかと思えばそうでもなく」

「金の亡者《もうじゃ》じゃねえのか？」

「ええ。よく、早乙女さんに追加融資を申し出ていましたけど、それもなんだかゲームを楽しんでいるだけのようで、本人の給与は、天使のはしごの創設当時からまったく変わっていないんです。値を吊り上げていたのは、より性能の良いマシンを手に入れて、遊ぶためという感じでした」

「根っからのオタクじゃねえのか？」

「そんな感じもあったんですが、そうでもないようなところもあって。生い立ちもよくわからないし、家族がいるのかいないのかも知らないし。暴力は振るわなさそうなんだけど、いきなり刺されてもおかしくない空気感も持っていたし、なんとも……」

「おまえも早乙女も、ほんと、小せえな。得体の知れないものってのは、そもそもねえんだよ」

「そうでしょうか？」

「俺はずっと裏の世界で生きてるからわかるがな。恐怖心ってのは、自分が創るものだ。怖えと思って物事を眺めりゃ、相手が化け物のように映る。けど、そういうのを取っ払って眺めりゃ、ただの小せえ虫。円谷は得体が知れないんじゃなくて、そんな心理操作がうまかった人間だ。こっちの世界には、そんなヤツ、ごまんといる」

盛永が話して聞かせるが、倉吉は納得のいかない顔をしていた。

「腐った顔してんな。よく思いだしてみろ。おまえらがビビってた円谷はどうなった？得体が知れようが知れまいが、おまえの弾でくたばっちまったろ」

盛永が言う。

倉吉の顔が引きつった。円谷を撃ち殺したときのことが鮮明に脳裏をよぎる。

「くたばったヤツに何ができる？　少なくとも、おまえを殺しに来ることはできねえ。おまえもこっち側に来たんだ。もう少し、どっしりと構えろ」

盛永はタバコを咥《くわ》え、火を点けようとした。

その時、倉吉が「あっ」と声を漏らした。盛永が手を止める。

「なんだ、これ！」

倉吉がノートパソコンから手を離す。

盛永は身を乗り出して、モニターを覗いた。コマンドプロンプトの画面がモニターいっぱいに開き、文字が目まぐるしく表示された。

「どうなってんだ?」

「わかりません。沖縄のサーバーに辿り着いたと思ったら、いきなり、プロンプトが起ち上がって……」

倉吉は、様々なキーを叩いてみた。が、ダウンロードは止まらない。

無線LANを切断しようとしたが、クリックできない。

倉吉は玄関に走った。分電盤のスイッチを落とす。が、明かりは消えない。

「くそう!」

ミューズに仕込んだプログラムに似たものだろうと、倉吉は踏んだ。

「盛永さん! 家電のプラグをコンセントから抜いてください! 早く!」

倉吉が叫ぶ。

盛永は咥えていたタバコを落とし、目についたコンセントからプラグを抜いた。

倉吉も寝室やキッチン、書斎に駆け込み、コードを持って、強引にプラグを引き抜く。

思いつく限りのプラグを抜き取り、リビングへ戻った。

立ったまま、ノートパソコンを見る。ルーターの電源を落としたからか、ダウンロードは止まっていた。

盛永も倉吉の横に戻ってきて、モニターを見つめる。

「コンセントが繋がっていなければ、過電流は流れませんから」

「大丈夫か？」

倉吉はソファーに浅く腰かけた。

カーソルが点滅していた。最終行に「Y／N？」という表示がある。プロンプトに記されたプログラムを実行するかどうかと訊いてきている。

倉吉は逡巡した。

このままプログラムを解析する手もあるが、円谷が仕込んだとすれば、Nと入れた瞬間にプログラムが消失する可能性が高い。

YESとすれば、ノートパソコンが破壊される恐れがあるし、データをどこかに飛ばされるかもしれない。

いずれにしても、ダメージは拭えない。しかしそれなら、円谷が仕込んだであろう何かを確認したかった。

「盛永さん、スマートフォンの電源を落としてくれますか？」

「何をするんだ？」

盛永が倉吉の隣に座る。

「今、画面に出ているのは、プログラムを実行するかどうかの問いです。実行しようと思います」

「大丈夫なのか？」

「ダメージはノートパソコンだけです。ですが、スマホのデザリングで電波を飛ばされると、面倒があるかもしれません。まあ、隣や上下の部屋のＷｉ－Ｆｉに侵入されてしまえばおしまいなんですが、このパソコン内にあるデータは、流出してもそれほどダメージのないものなので、このプログラムの真意を見てみようと思います」

「そうか。そっちはおまえがプロだ。任せる」

盛永は自分のスマートフォンを出した。電源を落とす。倉吉も自分のスマホの電源を切った。

倉吉は水入りのマグカップを持ってきた。万が一、ノートパソコンから発火したときのためだ。

座り直し、盛永を見る。盛永が頷いた。

画面の点滅部に〝Ｙ〟と入力し、エンターキーを叩く。

画面はブラックアウトした。チリチリとハードディスクの動く音がする。

突然、動画再生ソフトが起ち上がった。

『よく辿り着いたな』

円谷の声だった。画面には、口元だけが映り、背景には墨色のグラデーションがかかっている。

倉吉と盛永は、画面を見据えた。

『ここに辿り着いたということは、早乙女の下にメールが届いたということだろう。そして、これを追跡したのは倉吉あたりか』

円谷は見透かしたように話していた。

「これは円谷か？」

盛永が訊く。

「おそらく。生前に録画していたものでしょう」

「殺されるのを見越して、準備していたということか？」

「わかりません。これも、ただ単に、自分が死んだときに掻き回すのが面白そうだからと作っただけのものかもしれませんし……」

倉吉は真意を測りかねていた。

と、動画の円谷が言う。

『今、これを見ている者は、俺が道楽でこんなことをしていると思っているだろう。いや、意味がわからなくて戸惑っているのかもな』

口辺を歪め、笑い声を立てる。

倉吉は、録画なのに殴りつけたくなるほど腹立たしかった。

『正解は、道楽でもなんでもなく、おまえらへの宣戦布告だ』

口調が変わった。

『とはいえ、ここまで来たら、もうおまえらに勝ちはない。そもそも俺は、事なかれ主義の一般人も嫌いだが、腐れヤクザやそいつに従うチンピラはもっと嫌いなんだよ』

語気が強くなる。

『あらゆるクソどもが駆逐されることが、俺の望みだ。スマートシティに深く関わって、虚空の未来都市を謳歌する連中やその利権を食い荒らすダニを焼き尽くすのが目的だったが、これが流れてるということは、俺がもうこの世にはいないということだ。ならばせめて、おまえらにだけは地獄を見せてやる』

そこで、画面が切り替わった。

『これが何か、わかるだろうか?』

パソコンのモニターが出て、スキャンしたデータ画面が流れる。

倉吉と盛永が目を見開いた。

『そう。NPO時代からのデータ搾取、取引の実態だ。すべて遺してある』

円谷の声が言う。

動画を停めてみる。間違いなく、役所から盗んだデータやそのデータを基にした取引の実態が記されていた。

再生ボタンをクリックする。

『警察に流してもよかったんだが、それではつまらない。捕まったところで、さっさと出てくるだろ？　そこで刺客を差し向ける。もぐらの血を受け継ぐ者だ』

「また、出たな……」

盛永が呟く。

「なんですか？　もぐらって。早乙女さんのメールにも出てきますが」

「たいした話じゃない」

盛永は流した。

『データはここに置いてある』

動画の画面にURLが表示された。

倉吉はクリックしてみた。

通常のものではないブラウザが起ち上がる。真っ黒な画面の中に文字が表れた。

《神と仏が交わるとき、それは対をなし、破壊と創造を繰り返すであろう。356995991395574753》

その文字の下に、パスワードを入力するボックスが表れた。

『俺の問いに答えて、パスワードを入れろ。ただし、三回間違えば、終わりだ。まあ、おまえらに学がないのはわかってるから、せいぜい知恵を絞ってみることだ。ちなみに、このソースを解析しようとしても無駄だ。ソースコードを開いた瞬間に、このサイトもソースも消える』

円谷は画面に戻ってきた。自分の顔全体を映し出す。

カメラをまっすぐ見つめる。

『じゃあな。地獄へ来い』

にやりとし、動画は途切れた。

動画は二度と再生できなかった。モニター上には、質問とパスワードボックスだけが表示されている。

「ナメた真似しやがって。倉吉、この数字はなんだ？」

「なんでしょうか……」

倉吉は首を傾げた。

「三回間違やあ、サイトも消えるんだろ？　飛ばしちまえ」

「それはできません。ただサイトが消えるだけで、データはどこかに残ります。これだけ自信満々に言うということは、そうしたときのことを考えて、手を打っている可能性が高いです」

「ややこしいヤツだな、まったく！」

盛永はソファーを殴った。

倉吉がビクッとする。

「ともかく、おまえはなんとか、こいつを解読しろ」

盛永は立ち上がった。

「どこへ？」

「竹原さんと相談してくる」

盛永は言い、部屋から出ていった。

倉吉は、大きなため息をついて、うなだれた。

4

竜星は午前零時過ぎに家に戻った。幸い、みんな起きていなかった。

こっそりと自室に戻り、ドアを閉じ、鍵を閉める。マットの縁に座って息をつき、リュックを下ろして、そのまま寝転んだ。電気も点けずに、天井を見つめる。

見てはいけない現場を目撃してしまった。

あの火事は、あきらかに放火だった。

逃げたスキンヘッドの男の顔は覚えている。何より、現場で巌と遭遇してしまった。

巌が何をしていたのかは知らない。が、放火に関係しているのは、疑う余地がなかった。

話すべきか……。

逡巡した。

話すのが最善の方法だとはわかっている。が、自分も警察官の目を盗み、他人の家に侵入している。

巌とは、互いに、出会ったことは黙っていようと約束した。

「まいったな……」

腕を広げる。手の甲がリュックにあたった。

竜星は、リュックからスマートフォンを取り出した。

ロックを解除する。カウントダウン画面は消え、再び使えるようになっていた。いじってみるが、何も変わらない。

そういえば――。

起き上がって、ノートパソコンを取り出す。現場でノートパソコンに何が入ってきたのか、気になった。

パソコンを起動する。

と、いきなり、「Y／N？」の文字が表れた。

ウイルスか？

何度か強制再起動してみるも、同じ画面しか起ち上がらない。

「今度は、こっちか……」

ため息をつく。

いずれにせよ、何もしないままでは、パソコンは永遠に使えなくなる。

仕方ない。

〝Y〟を入力し、エンターキーを押す。

と、プログラムが起動し、動画が流れはじめた。

竜星はあわてて一時停止した。ヘッドホンを取り、パソコンに繋いで耳にかけ、再び、再生を始める。

能面のような真っ白い仮面が画面いっぱいに映し出される。

『よくぞ、辿り着いた。もぐらの血を継ぐ者よ』

声は合成音声のような機械音だった。

『君がこれを見ている頃には、私はもうこの世にいないであろう』

「死んでるのか、この人……」

竜星はモニターを見据えた。

『私はこれまで、様々な悪事に加担してきた。後悔はしていない。しかし、私自身が亡き今、社会に巣くう悪の根を放置することはできない』

合成音声が淡々と語る。

『この根を放っておけば、やがて、日本は壊滅する。止めるのは今しかない。日本の行く末を君に託す。人知れず、我が国の存亡を懸けて戦ったもぐらの血を継ぐ者に』

「冗談じゃないよ……」

竜星は思わず漏らした。

自分が影野竜司の息子であることには違いない。父が何をしてきたのか、この者が送ってきたテキストで把握した。確かに、時に、日本の存亡に関わる事案に向き合い、戦い、計略を阻止していた。

何度もテキストを読み、その事実は認めざるを得なかった。

とはいえ、竜星自身はまだ、日本の南の果ての島にいるただの高校生だ。警察と関わりは深いが、自身は警察官でもなんでもない。

影野竜司の、もぐらと呼ばれた男の息子だから悪と戦えと言われるのは、暴論としか思えない。

と、動画の何者かは、惑いを見透かしたように言ってきた。

『おそらく、君は、なぜ自分がこんなことをしなければならないのかと憤っていることだろう』

あまりに的確で、ドキッとする。

『君が戸惑い、拒絶感を抱くのはわかる。しかし、君はきっと動いてくれるだろう。なぜなら――』

画面がブラックアウトした。

『父を知る軌跡だからだ』

画面に写真が表れた。

竜星は目を見開いた。

竜司の写真だった。一度も見たことのない、街中での竜司の姿だ。繁華街のど真ん中に凜として立つその姿に、鼓動がドンと鳴った。

『未来を頼む』

そう言うと、URLが表れた。背景は竜司の写真のままだ。

竜星はじっと、URLの後ろの写真を見つめた。

竜司は横を向いていた。ポケットに手を入れ、タバコを咥えている。

何を見つめているのかはわからない。その目に強さは感じるが、何かを威嚇する険しさはない。むしろ、哀しげで、憂いを帯びている。

この視線の先に、父は何を見ていたのだろうか……。

掻き乱される。

目を閉じた。

父を知る軌跡……という言葉が胸の奥で響く。

「行ってみよう」

竜星は目を開き、ＵＲＬをクリックした。

文字が出現した。

《神と仏が交わるとき、それは対をなし、破壊と創造を繰り返すであろう。３５６９９５９９１３９５７４７５３》

パスワードボックスが表れ、その下に、三回ミスをするとサイトは消失する、と記されている。

竜星は後半の数字を見つめた。一見、ただの数字の羅列に見えたが、ふと思い出した。

「ひょっとして……」

スマホで西崎の住宅を表示したときと同じ形だ。

スマホの地図アプリを起動し、〝３５．６９９５９９，１３９．５７４７５３〟と、ピリオドとカンマを加えてみた。

検索をタップする。

地図アプリが動き始めた。ぐんぐんと地図はズームし、一つの場所を指した。

「井の頭弁財天？　なんだ、これ？」

東京都武蔵野市の井の頭恩賜公園内にある弁財天が祀《まつ》られた場所らしい。

井の頭弁財天について調べてみる。

「神と仏が対をなし……」

呟きながら、スクロールして情報を読む。指が止まった。

「宇賀神像《うがじん》か」

とぐろを巻いた蛇に人の頭が載せられた人頭蛇身の像で、神仏習合のめずらしい合一神だ。

ネットで検索すると、井の頭公園の池には白蛇伝説があり、ここの宇賀神像は、その伝承に基づいて建立されているという。

「このことを言っているのか？」

試しに、パスワードボックスをクリックしてみた。小文字の英字しか入力できない。

ｕｇａｊｉｎと入れ、エンターキーを叩く。が、弾かれた。

竜星は唸り、宇賀神に関する記述を読み漁ってみた。と、ヒンドゥー教の記述が目に留まった。

弁財天は蛇や龍の化身とされる。その蛇や龍が二匹一対となり、互いの尻尾を咥え、輪を形成している陰陽の象徴があった。

それは破壊と創造、死と再生といった相反するものの永続的循環を意味するものだった。

弁財天とも関係し、設問文に合致する。

竜星は入力を始めた。

「ｕｒｏｂｏｒｏｓ」

古代信仰の象徴、ウロボロスと入れ、エンターキーを叩く。

が、弾かれた。

「違うのか……」

もう一度、よく調べてみる。

と、もう一つの表記を見つけた。ギリシア語に基づいて、表記の先頭に〝o〟を入れたものだ。

竜星は〝ouroboros〟と入力してみた。

これが最後だ。失敗すれば、手がかりはなくなる。竜星は、エンターキーに指を置いた。が、躊躇する。

もう少し、考えた方がいいのだろうか……。

その時、竜司の姿が目に飛び込んだ。

哀愁をまとってはいるが、その目に迷いはない。

行け、と言われた気がした。

エンターキーを押す。

すると、画面が動きだした。いったん、ブラックアウトし、すぐさま白い画面となったかと思うと、真ん中にダウンロードのボックスが表れた。

ファイルの飛び交うアニメが動き、ダウンロードが始まる。

ボックスには、言葉が表示された。

《おめでとう！　君は未来を開いた。これから目にするものをどう扱うかで、未来は決まる。ダウンロードが済んだら、プログラムを実行してもらいたい。なお、このプログラムは、ダウンロードをしたこのPCとこの回線でしか使えないので、注意してくれたまえ。では、すべてを君に委ね、私は旅立つとしよう。もぐらの血を継ぐ者よ。健闘を祈る》

ダウンロードが済むと、その文章は消えた。

竜星はダウンロードファイルを実行した。プログラムが展開する。エクスプローラのようなボックスが起ち上がった。

ヘッダーを見る。どうやら、どこかのクラウドかサーバーに繋がっているようだ。

左にはウインドウが並ぶ。役所の名前や会社の名前が並んでいる。その中に〝ミューズ〟という文字を見つけた。

竜星はフォルダをクリックしてみた。動画ファイルやPDFファイルがずらりと並ぶ。

さらにその中に、《ミューズの破壊活動に関する概要》というPDFファイルがあった。

試しにクリックしてみる。ファイルが表示された。中を読む。

「マジか……」

竜星はあまりの内容に目を見開いた。

5

同時刻、解析を進めていた倉吉のノートパソコンから、突然、アラート音が鳴り響いた。

倉吉は驚き、仰け反った。

画面には〝警告〟という赤文字が表れ、点滅した。

「なんだ！　どうなってんだ！」

アラートは十秒ほどで鳴り止んだ。

警告の文字が消え、ドット文字がタイプされる。

《残念だが、もぐらの血を継ぐ者がパスワードを解析した。このＵＲＬは無効となった。おまえらが俺の隠したデータに辿り着くことは永遠にない。データはすべて継ぐ者に渡る。座して死を待て》

すべての文章が表示されると、文字が笑うように揺れ、ガラガラと崩れ落ちていった。

そして、プツリと途切れた。

倉吉はノートパソコンを起動し直した。通常に使えるようになっていた。

フォルダやシステムを探り、円谷が仕込んだプログラムの痕跡を探す。が、きれいに消失していた。

「まずい……まずいぞ！」

倉吉はスマートフォンを取って電源を入れ直し、盛永に連絡を入れた。

6

盛永は、竹原行きつけのクラブのＶＩＰルームにいた。早乙女と竹原も顔を揃えている。早乙女はホステスに囲まれ、すっかりできあがっていた。個室なのをいいことに、両脇の女性の体を触りまくっている。

盛永は呆れて、早乙女を眺めた。

早乙女は真面目で堅く、気の弱い男だ。が、酒が入ると、日頃抑圧しているものが爆発するようで、たまにトラブルを起こしていた。

もちろん、その程度のトラブルは盛永が揉《も》み消す。

電話が鳴った。

「ちょっと失礼します」

盛永は部屋を出た。静かな廊下の壁にもたれ、スマートフォンを取り出す。倉吉の名が表示されていた。

「盛永だ」

——盛永さん、まずいです！

倉吉の声があわてている。

「何がだ？　例の動画の件か？」

盛永が訊いた。

クラブへ来てすぐに、竹原とその件については話し合った。

竹原は、単なるブラフだろうと、まったく気にしていなかった。早乙女は多少心配げだったが、酒が回るにつれ気が大きくなったのか、どうでもいいと言い放った。

盛永も、パスワードを解読できるに越したことはないが、別に解読できなくても、たいしたことはないと踏んでいた。

円谷が提示した資料は、脅迫用に取っておいたものだろう。その程度のことなら、円谷ならやりそうだ。

が、ＮＰＯ時代からの資料のすべてを持っていると考えるには少々無理がある。目的がない。

ミューズの件が動きだしてからのデータならともかく、天使のはしご以前は、彼らに身の危険はまったくなかった。

仮に、竹原や早乙女を脅す目的で持っていたにしても、何年も前からのデータは必要ない。

しかし、倉吉のあわてぶりは、少々気になる。

——先ほど、警告という文字が画面に出て、もぐらの血を継ぐ者がサイトへのパスワードを解読しデータを得た、という文章が表示されたんです！

「時間が経ったら、そうなるようにプログラムされていたんじゃないか？」

——そうかもしれませんが、本当に隠しデータがあれば、大変なことになりますよ！

「おまえが、さっさと解読しないからだろうが！」

苛立って、つい怒鳴る。

——あの設問は、わけがわかりません。しかし、もぐらの血を継ぐ者という何者かは、簡単にパスワードを解読した。もし、同じ設問であれば、その何者かは、僕よりヒントを得ていたということです。つまり、円谷が最初から、何者かにデータを渡そうとしていたのかもしれません。であれば、データは存在しますよ。データが明るみに出れば、僕たちは——。

倉吉がまくし立てる。

盛永は遮った。

「あー、わかったわかった！　こっちでなんとかする！」

そう言い、一方的に電話を切った。

「まったく……。小心者ばかりだな」

盛永は部屋に戻った。

竹原に顔を近づけ、小声で状況を説明する。

女をはべらせていた早乙女が、不安げに二人を見た。

「はい。わかりました」

盛永は小声で返事をし、もう一度、部屋を出た。

「竹原さん、何か……」

「うちの方の話です。さあ、飲みましょう。ドンペリ持ってこい！」

竹原が言うと、ホステスたちが歓声を上げた。早乙女はホステスに両側から抱きつかれ、鼻の下を伸ばした。

盛永は店を出た。

人のいない路地を見つけて入り、上村の番号を表示した。タップし、耳に当てる。

「……ああ、夜分に申し訳ない。波島の盛永だ。ひと仕事済ませてもらってすぐですまんが、もうひと仕事頼まれてほしいんだが」

盛永は用件を伝えた。

と、上村から逆に報告がもたらされた。

「うむ……うむ」

話を聞く盛永の眉間に縦皺が立つ。

もぐらの血を継ぐ者と思われる影野竜司の息子、安達竜星がミューズ回収の現場にいたこと。渡久地巌は竜星と会っていたにもかかわらず、黙っていたこと。竜星に、放火をした座間味の組員を目撃されていることなど。

いずれも、巌からの報告にはなかった話だ。

「間違いないんだな、その話は」

盛永が訊くと、上村は間違いないと答えた。

「わかった。今頼んだ件、ちょっと待っていてくれ」

盛永は電話を切ると、急いでＶＩＰルームに駆け戻った。

7

午前二時を回った頃、巌は帰京の準備を済ませ、ベッドに寝転んだ。

電気を消して、目を閉じる。今日一日の出来事が脳裏に巡った。

たいして難しい仕事ではなかったが、あわただしい一日だった。

思わず、吐息が漏れる。その時、ふっと竜星の顔がよぎった。

「あいつ、何やってたんだ……？」

巌は、目を開けた。暗闇を見つめる。

ミューズを操作していた。竜星のパソコンに文字列が走ったが、なんのことなのか、竜星もわかっていないようだった。

「サツに頼まれたのか？」

一瞬、眼光が鋭くなる。が、すぐに顔を小さく振った。

警察に頼まれたなら、侵入する必要はない。竜星が靴を履いたままだったのは見ている。玄関の鍵も開いていなかった。

室内を確認したとき、キッチンのガラスが割れていた。おそらく、そこから入ったのだろう。

「まあ、いいか」

巌は再び、目を閉じようとした。

と、スマートフォンが鳴った。手に取る。盛永からだった。身を起こし、電話に出る。

「お疲れさんです」

声をかける。

——おう、今日はご苦労さん。

「ありがとうございます。明日の朝一で、東京に戻りますんで」

——ああ、その件だがな。もう少し、おまえはそっちにいてくれ。

「いや、渋谷の仕事もありますし」

――それは大丈夫だ。連絡があるまで、そっちで待機しておいてくれ。

「どういうことですか?」

――そういうことだ。まあ、のんびりしろ。

盛永は言い、電話を切った。

巌はスマホを見つめた。

「どういうことだ?」

呟く。

沖縄での用事は終わった。長居は無用。ふらふらしていれば、確実に目を付けられる。

沖縄に着いて指示を仰いだときも、仕事が終わればすぐに帰ってこいと言っていた。

それが悠長に、のんびりしろとは、どういうことだろうか。

「捕まれ、ということか?」

スマホを睨み、握り締める。

そこで、ふっと思い出した。

『現場で何かなかったか?』

上村の言葉だ。

「あいつ、なぜ、あんなことを訊いたんだ?」

巌の思考が巡る。

問題はなかったか、という問いではない。

何かなかったか、という問いだ。よく考えると、この言い回しは妙だ。まるで、何かがあったと確信しているような——。

待ち受け画面を見つめる目が開く。

「しまった……」

奥歯を嚙む。

聞かれたか——。

電話は、合図をするために繋いだままだった。まさか、竜星と会うとは思わず、乱闘の後でもあったせいか、電話を切るのを忘れていた。

ということは、上村は竜星が現場にいたことを知っていたというわけか。

が、上村は巌を問い詰めなかった。

何を企んでやがる……。

盛永からの、放置するような連絡も気になる。

切られるのか？

疑念が湧く。

今夜の件を、自分と竜星のせいにしてしまえば、波島も座間味も助かる。

しかし、警察の手に落ちるのは困る。すべて白状されれば、しまいだからだ。

つまり――。

巌は起き上がり、上着を羽織って、家を飛び出した。

8

ドアがノックされた。竜星は目を覚ました。すっかり、カーテンの向こうは明るくなっている。

枕元にあるノートパソコンは、スリープモードになり、画面は暗くなっていた。

「寝てたのか……」

ノートパソコンの蓋を閉じ、気だるい体を起こす。デスクの上の時計を見た。正午前だった。

竜星は起き上がって、鍵を開け、ドアを開けた。楢山が立っていた。

「いつまで、寝てんだ。顔洗ってこい」

楢山は言い、リビングに戻る。

廊下からリビングを見やる。誰もいなかった。

竜星は洗面所に入り、歯を磨いた。口をゆすぎ、顔を洗う。

濡《ぬ》れたまま顔を上げ、洗面台に両手をついて、鏡を見つめた。

「やっぱ、言うべきなんだろうな……」

竜星は呟いた。

明け方近く、寝落ちするまで、フォルダーのスレッドに表示された文書や動画、音声のデータをともかく確認した。

竜星をこのサーバーに導いたのは、ソフトウェアの制作会社〈天使のはしご〉の代表を務めていた、円谷公紀という男だったということがわかった。

彼は身元を証明するため、動画で自己紹介をし、免許証を提示した。

文書、及び、音声動画ファイルは、〈天使のはしご〉を取り巻く犯罪の実態を告発するものだった。

NPO法人〈あかり〉と〈天使のはしご〉が、波島組のフロント企業〈未来リーディング〉の代表、竹原克友の指示の下、官庁への脅迫や商売敵に対する妨害行為などを行っていた事実が、暴露されている。

そして、自分の死については〝殺害された〟と断じている。

その証拠はまだ見つけていないが、円谷だけでなく、竹原によって殺害されたらしき人物たちのリストもあった。

データを確認すればするほど、自分の手に負えない本物の事件だと実感した。

楢山に伝えて、その後のことは警察に任せるのが正しい選択だろう。

しかし、竜星は逡巡した。

父ならどうしたのだろう……。

竜司の経歴にあったモールという特捜班時代なら、そのまま捜査をしたのだろう。

それ以前のトラブルシューターの時代なら、と考える。おそらく、自ら関わっただろうなと思う。

いずれにせよ、竜司であれば、立場いかんに拘わらず、自分の元に届いた問題に対しては、自ら赴いたに違いない。

円谷は、この隠しデータを〝父を知る軌跡〟と言った。

このデータに辿り着いたのは、竜星自身が動いたからに他ならない。

だが、父を知るには程遠い。

どうすればいいんだろう……。

もう一度、顔を洗い、水滴を拭って洗面所を出た。

リビングに入る。楢山一人だった。

「みんなは？」

「金武は朝早くに帰った。紗由美ちゃんは仕事に行ったよ。騒動の説明もあるからな。節子さんは、町内会の会合で夕方まで出かけてる。まあ、食え」

楢山がテーブルに目を向けた。

ポーク玉子のおにぎりとゴーヤチャンプルーが置かれていた。

竜星は、おにぎりを取って、一口かじった。

「竜星、昨日の晩、どこへ行ってた？」

楢山が唐突に訊く。

竜星は喉を詰めた。あわてて、ポットのさんぴん茶を湯飲みに注ぎ、詰まったものを流し込んだ。

胸元を叩き、息をつく。

「知ってたん？」

「夜中、益尾の電話で起こされたとき、覗いてみたらいなかったんでな。帰ってきたときもわかったが、遅かったんでそのままにしておいた。こっそり入ってきたってことは、コンビニじゃねえだろ」

楢山が言う。

さすがに元警察官だけはある。ただ訊かれているだけだが、追い詰められるような気分にさせられる。

竜星はうつむいた。

今、話しておくべきだと思う。しかし、どうしても、喉から先、言葉が出なかった。

「まあいい。また話したくなったら話せ」

楢山は立ち上がり、ジャンパーに腕を通した。

「どこ行くの？」

「金武の道場で、午後から昇段試験があるんだが、俺も審査員だ。夕方までには戻るから、今日は一人でのんびりしてろ」

楢山は言うと、杖をついて、家から出て行った。

ドアが閉まり、しんとする。

「バレてたのか……」

竜星は呟いた。

こうなったら、話すべきだな。

「楢さんが帰ってきたら、話そう」

竜星は思いを口にし、残りのおにぎりを頬張った。

少し腹を満たし、決意すると、急に眠気が押し寄せてきた。

おにぎりを一つ食べて、自室に戻る。マットに横になると、うとうとしはじめた。

昨夜からの出来事がまどろみの中に溶けていく。すべてが夢のような気分になる。

ようやく、長い一日が終わりそうな心地よさが全身を包む。

五分経ったのか、一時間過ぎたのか、時間の感覚も薄らいできたとき、玄関のドアが開閉する音がした。

椿さんかな。そういやあ、鍵閉めたっけ。

足音が近づいてきて、部屋のドアが開いた。

うっすらと目を開ける。

と、黒い影が竜星の傍らに迫った。驚いて、目を開く。

「巌さ――」

「しっ！」

巌だった。竜星の口を手で塞ぐ。

「無事だったな。誰かいるか？」

竜星は顔を横に振った。

巌は、安堵の表情を浮かべ、手を離した。

「一応、家の人たちがみな出ていくのを確認して、入ってきたんだが」

「どうしたんですか？」

竜星は体を起こした。

「昨日、おまえが火事の現場にいたことがバレてる」

「誰にです？」

竜星の顔が強張る。

「サツじゃない。座間味組の連中だ」

「座間味の……」

「あの現場で事を起こしたのは、俺と座間味の連中だ。あの時、他の連中とスマホで繋がっていたことを忘れていた。すまん」

「いえ、巌さんもまさか、僕があんなところにいるとは思わなかったでしょうから」

竜星は言った。

「おまえ、あそこで何してた？」

巌が訊いた。

竜星は目を伏せた。話すべきかどうか。巌を信じていいのかどうか。戸惑う。が、自分の中だけに抱えておくべきことでもない気がした。

「一つ訊いていいですか？」

顔を上げる。

「なんだ？」

「巌さんは、僕の口を封じに来たんですか？」

ストレートに訊ねる。

巌は笑った。

「それなら、さっき殺してる」

巌が目を細める。嘘のない笑顔だった。

竜星は頷いた。

ノートパソコンの蓋を開き、スリープ状態を解除する。フォルダーのスレッドが表れた。その中から、ミューズに関するPDFを開いた。表示し、パソコンを返して、巌の前に差し出す。

「見てください」

竜星が言う。

巌は太腿にノートパソコンを載せ、タッチパッドを指で撫で、スクロールしながら目を通した。

その目がみるみる大きく見開かれる。

「これは……」

「本当のことなんですか?」

竜星は訊いた。

「このデータ、保存したのか?」

巌が竜星を見やる。

「閲覧しかできないみたいです。外部に保存しようとすると、警告が出ますから。この円谷という人のメッセージでも、このパソコンとうちの回線以外からは、このサーバーにアクセスできないようになっていると」

「中身は読んだのか？」

「全部ではないですけど、三分の二くらいは」

「そうか。まずいな……」

巌はノートパソコンの蓋を閉じ、竜星に返した。

「まず、データに書かれていたことだが、おそらく本当だ」

「おそらく？」

「俺は、そこに出てきた竹原が経営する未来リーディングの社員なんだ」

巌が言う。

竜星は驚き、目を丸くする。そしてすぐ、睨みつけた。

「俺はそこの社員だが、ミューズの件にはタッチしていない。賭場の管理をしている。先日、東京へ戻ったとき、上から、ミューズを回収してこいと命じられただけだ。俺らの世界は、上の命令は絶対なんでな。理由がわからなくても、言われたことはやらなきゃならねえ」

巌が渋い表情を覗かせる。

「で、俺は仕事を済ませたらすぐ東京へ戻る予定だったんだが、突然、上からこっちで待機していろと言われた。おかしいだろ。ヤバいことをした後は、現場の近くにいないほうがいい」

「それって……」

「俺を切る気だ。間違いなくな。長くこの世界にいるから、そういう鼻だけは利く。それだけならいいが、座間味の連中は、現場におまえがいたことを知っていながらとぼけてカマをかけてきやがった。つまり、おまえも狙われてるということだ」

巌の顔が厳しくなる。

竜星の目にも緊張が走った。

「おまえは、このデータのことを楢山さんか稲嶺さんに今すぐ話して、引き渡せ」

「いいんですか？　巌さんの会社が――」

「向こうがこっちを切ろうとしてんだ。その前に抜けてやる」

巌が竜星の後ろを睨む。

「そして、すぐ、ここを警察官に固めてもらえ」

「巌さんはどうするんですか？」

「座間味がおまえに手を出さねえよう、潰してくるわ」

「一人でですか！」

「心配するな。あの程度の連中に殺られやしない。それに、おまえには、弟たちの件で借りがあるしな」

「それはもう、いいです！」

「よくねえよ。おまえの母親にも迷惑かけちまった。それとな。俺自身、この稼業が嫌になってんだ。使われるだけで先もねえ。だったら、足洗うついでに、少しは世の中の役に立つことでもしようと思ってな。ゴミ掃除だ」

巌は微笑んだ。澄んだ瞳の奥に決意が滲む。その瞳はどこか哀しげでもある。

あっ……。竜星は心の奥で声を漏らした。

父と同じ目だ。

「おまえの親父さんに言われたことがある」

「父に？　知ってるんですか？」

「ああ、ちょっとした縁があってな。親父さんは、ガキの俺をまっすぐ見つめてこう言った。

『ちゃんと生きろ』とな」

「ちゃんと生きろ……」

「ずいぶん道を外れちまったが、今になって、その言葉が染みるんだ。ちゃんと生きてえ。だが、そうするには、自分のしたことを清算しなきゃならねえ」

巌は立ち上がった。

「西崎の住宅に忍び込んだことは黙ってろ。全部、俺が引き受ける。おまえは、元の生活に戻って、てぃだの下を行け。じゃあな」

部屋を出る。

「巌さん！」

竜星は玄関まで追いかけた。

巌は振り返った。

「ここから先は、俺のケジメだ。邪魔するな」

竜星を寄せ付けない殺気を放つ。竜星は怯み、足を止めた。

巌は右手を上げ、玄関から出て行った。

ゆっくりとドアが閉まり、巌の姿が見えなくなる。

どうすればいいんだ……。

ともかく、データの件は警察に知らせた方がよさそうだ。

部屋に戻り、スマートフォンを取る。楢山は金武の道場の昇段試験の審査員をすると言っていた。

竜星は稲嶺に連絡を入れた。


十分後、稲嶺とサイバー犯罪対策課の屋良が、私服刑事と警察官を五人引き連れ、安達家に来た。

竜星は、円谷からのメールが頻繁に届き始めた頃から、このサーバーに辿り着くまでのいきさつを、稲嶺と屋良の前で説明した。

ただ、西崎の住宅に忍び込んだ件だけは黙っていた。

屋良は、ざっとファイルに目を通した。

「くりや、ちびらしぃー！」

これはすごい！　と呟き、大きな目をさらに見開いた。

「竜星君、この円谷という者を知っているのか？」

稲嶺が訊く。

「いえ。でも、いつからかスマホに送られるようになって、無視してたんですけど、あまりにしつこいんで解読してみたら、こんなデータが出てきたんで」

「そうか」

「安達君、これはここでしか使えないんだね？」

屋良が訊く。

「そのようです。その円谷という人、結構な腕を持っているみたいなんで、無理に保存しようとしたり、サーバーを解析しようとしたりすると、データそのものが飛ぶかもしれません」

「そうだね。この部屋、借りていいかな？」

「どうぞ」

竜星は言い、部屋を出た。サイバー課の屋良の部下が入れ替わりに入り、作業の準備を始める。

「竜星君、ちょっといいか?」

稲嶺に声をかけられる。

竜星は稲嶺と共に、リビングへ移った。テーブルを挟んで座り、向かい合う。

「君が見つけたデータの中に、ミューズという機械の話が出てくる。西崎の住宅地で二度、火災があったことは知っているね?」

「はい……」

竜星はうつむいた。

「それについて、何か知らないか?」

稲嶺が問う。

竜星はうつむいたまま、逡巡した。

何もかも話してしまう方がいいことはわかっている。しかし、どうしても切り出せない。自分でも、何が引っかかっているのかわからないが、口から言葉が出ない。

「知っているなら、教えてほしい。これは大きな事件だ。君一人で抱え込めるような問題じゃない」

稲嶺が諭すように言う。

竜星は太腿の上で拳を握った。

「座間味……」

呟き、顔を上げる。さらに口を開こうとした。

と、稲嶺の向こうに、竜司の仏壇が見えた。竜司の顔が目に飛び込んでくる。哀愁漂うまっすぐな目が、厳の目とダブった。

竜星は口を閉じた。拳を握り、立ち上がる。

「すみません！」

頭を下げ、家を飛び出した。

「竜星君！」

稲嶺が玄関まで追う。玄関先に立っていた警察官が竜星を止めようとする。

竜星はその脇をすり抜け、通路を走る。

「待て！」

警察官が追おうとする。

「放っておけ！」

稲嶺が止めた。

「いいんですか？」

「自分の中の何かを整理したいんだろう。少し時間をあげよう」

稲嶺はエレベーターホールに消えていく竜星の背中を見送った。

9

巌は、辻にある座間味組のビル手前の路肩に車を停めた。

ポケットに手を突っ込み、階段を上がっていく。五階まで上がり、インターホンを鳴らした。

監視カメラが動く。巌は笑みを浮かべ、カメラに向かって手を上げた。

ドアのロックが外れた。ゆっくりと開く。

浅野が出迎えた。

「お疲れさんです。まだ、こっちにいたんですか？」

「上から、こっちで待機しろと言われてな。上村はいるか？」

「はい。どうぞ」

浅野に案内され、廊下を進む。

「そうだ、浅野。おまえ、西崎の現場で、俺が誰かと話してるのを聞かなかったか？」

唐突に質問をした。

「あ、いえ、何も……」

浅野はあからさまに動揺を見せた。

目を逸らす浅野を静かに見据える。

組長室の前に立った。浅野がノックをしてドアを開く。

古謝はいない。昨晩と同じく、組長の椅子には上村がふんぞり返っていた。糸数も横に立っている。

「おう、兄弟。まだ、いたんか？」

上村は空々しく言った。

巌は微笑み、紫檀の机の前まで歩いた。

「俺がこっちに残ることは、わかっていただろ？」

見据える。

上村の頰が引きつった。

「浅野！　来い！」

巌は上村を見据えたまま、呼んだ。

「はい！」

浅野はビクッとし、巌に歩み寄った。巌の斜め右後ろに立つ。

巌はいきなり、浅野の左肘の裏に右腕を通した。腕をねじ上げ、右手で後頭部をつかむ。

そして、顔面を天板に叩きつけた。

浅野が呻いた。前歯が折れ、血と共に天板に転がる。

巌は二度、三度と顔を叩きつけた。

いきなりの凶行に、上村と糸数は硬直した。浅野も腕を後ろにねじられ、自由を奪われているからか、なすすべもなく叩きつけられていた。

鼻梁が折れ、おびただしい鼻血も天板にしぶく。

巌は浅野の顔を天板に押さえつけた。

「浅野、連絡用のスマホで聞いたんだろ？　俺が現場で誰かと話していたのを」

巌が再度問う。浅野は答えない。

巌はもう一度、顔面を叩きつけた。

「き……聞きました」

浅野は声を絞り出した。

「誰と話してた？」

「リュウセイとかいうヤツ……」

「戻ってきて、上村に報告したか？」

巌の問いに言い淀む。

巌はまた、顔を持ち上げた。

「しました！　報告しました！」

浅野が叫んだ。

巌は浅野の顔を思いっきり天板に叩きつけた。

浅野は呻きを漏らし、白目を剝いた。かけた右腕にずしりと重みを感じた。

巌が腕を解いた。気を失った浅野は机の横板に顔を擦りつけ、ずるずると巌の足下に崩れ落ちた。

「おまえ、何したか、わかってんのか？」

上村が睨み上げる。

巌は机を蹴った。重い紫檀の机が揺れる。

上村はビクッと跳ね、椅子からずり落ちそうになった。糸数があわてて両手を出す。

「面倒なことは言わん。一度だけ言うぞ。俺はどうなってもいいが、竜星には手を出すな。約束しろ」

「……できんと言ったら？」

「おまえらが手出しできねえようにするだけだ」

巌が眉を吊り上げた。

上村は蒼くなった。あの時と同じ、容赦なく自分を叩きのめしたときの殺気が、上村を包んだ。

と、いきなり、ドアが開いた。

「おい、よそ様で暴れるんじゃねえよ」

野太い声が響く。

振り返る。盛永がいた。その後ろから十人を超える屈強な男たちがなだれ込んでくる。

波島組の精鋭の顔もあった。

「てめえ、世話になった方の舎弟を壊すとは、どういう料簡だ?」

盛永は巌を睨んだ。

「盛永さんこそ、なぜ、ここにいるんですか」

巌が睨み返す。

「説明がいるか?」

「いらねえな。俺と竜星を殺《と》りに来たんでしょう?」

「わかってりゃ、話は早え。このメンツ見て、敵うとは思わねえよな?」

盛永が顔を少し左右に振る。

巌はふっと片笑みを見せた。

「盛永さんこそ、俺の本気、知らねえでしょ。数集めて勝てるほど、甘くはないですよ」

「えれえ自信だな。自信満々のヤクザってのは死ぬぞ」

「へたれて逃げ回るよりましだ」

巌は地を蹴った。

盛永の前に躍り出る。右ストレートを放った。

盛永はとっさに後ろへ飛び退いた。

追おうとする。と、右から男が突っ込んできた。拳が巌を狙う。

巌はダッキングをした。横にステップを切ってストレートを掻い潜り、脇腹に右フックをねじ込む。

男は呻き、身を捩《よじ》った。

巌は傾いた顔に、左フックを上から浴びせた。頬を抉られた男は、そのまま横倒しになり、フロアに叩きつけられた。側頭部を打ち、呻く。

巌は顔面を思いっきり蹴り上げた。男は顎を跳ね上げ、瞬時に気絶した。

左背後から気配が迫った。巌は上体を横に倒し、気配に向け、左足刀蹴りを放った。

足の外側が気配の懐にめり込んだ。カウンターで蹴りを食らった男はくの字で浮き上がった。

応接セットの机に落ちる。天板が砕け、枠の中に落ちた。男は枠を抱いて呻いた。

ドア口と右背後から二つの影が迫ってきた。

右脚を引き寄せ、左回し蹴りを放つ。手前の男はしゃがんで避けた。髪の毛を掠めた足の甲が、もう一人の男の首筋にめり込んだ。

巌は足を振り抜いた。真横に弾け飛んだ男は紫檀の机の上を転がり、上村の脇に落ちた。白目を剝いて痙攣する男を見て、上村は短い悲鳴を上げ、椅子の肘掛けを握った。

手前にいた男が、巌の後頭部に左ストレートを放った。巌は気配を感じ、腰を落とした。しゃがんだまま半回転し、裏拳を放つ。

基節骨が男の股間にめり込んだ。

男は目を剝いて股間を押さえ、前屈みになった。

巌は立ち上がると同時に、男の顎に強烈な右アッパーを食らわせた。

男は仰け反り、血と折れた歯を噴き上げ、後方に飛んだ。

盛永がいた。盛永は右拳を左肩の方に寄せた。飛んでくる仲間めがけて、水平に振る。

頭部を弾かれた男は、そのまま横倒しになって転がり、壁にぶち当たった。壁に足を投げ出し、ひくひくと痙攣する。

「ひでえな」

巌が盛永を睨む。

「弱えヤツが悪い。違うか？」

「そうだな」

巌は再び、盛永に迫ろうとした。

その時、右腿に痛みが走った。膝が崩れそうになる。なんとか踏ん張って体を起こし、盛永と距離を取った。

　太腿の裏に手をやる。

　ナイフが刺さっていた。肩越しに後ろを見やる。糸数がにやりとしていた。

「クソガキ……」

　巌はナイフを抜いた。

　振り返りざま、糸数に投げつける。

　糸数がしゃがんだ。ナイフは壁に当たって跳ね返り、フロアに転がった。

　机を乗り越えようとする。が、微妙に脚に力が入らなかった。

　少し、間が空く。

　その間に、背後から三人の男が同時に襲ってきた。上中下段に、同時に拳と蹴りが飛んでくる。

　巌は横を向いて、腰を机の角に当て、背を丸めて顔の横に二の腕を立てて腹と頭部を守り、右膝を上げて股間をガードした。

　頭部へのストレートと腹部への中段蹴りは受け止めた。下段の蹴りも受け止めたが、ナイフの傷を抉った。

　傷口が開き、じくっと血が噴き出す。傷口の周りが熱い。

　左目の端に立ち上がった糸数が見えた。ナイフを振り上げている。

糸数が腕を下ろすと同時に、巌は片足でしゃがんだ。頭上を刃が掠めた。対角線上にいた男の眉間に、ナイフが突き刺さる。

男は目を見開いた。仁王立ちする男の腹部に足刀蹴りを叩き込んだ。

男は後方に吹っ飛び、並んでいた敵の二人を薙《な》ぎ倒した。

その勢いで、前方に飛び出し、左足で地を蹴って、右横に飛び込み転がった。一回転して立とうとするが、傷が疼き、膝が落ちた。

弱ったと見て、波島組の精鋭が二人、かかってきた。

巌は立ち上がった。左右からパンチとキックが縦横無尽に飛んでくる。

巌は背を丸め、ガードした。右腿裏の傷にもあたるが、気にしている間もないほどの猛攻だ。

ガードする腕や足が痺れる。

また、ドアが開いた。今度は、座間味組の人間が大挙して入ってきた。倒した人数以上の敵が現れる。

まずいな……。

ガードの隙間から状況を見やり、巌は奥歯を噛んだ。

肉体が万全なら、まだやれるかもしれない。

が、右脚をやられた。おまけに、昨晩は、竜星のマンションの近くに潜み、警戒していたので、あまり寝ていない。

他の者たちより体力はあるものの、攻撃を受け続けると、ダメージも普段より大きい。

なんとか、盛永と上村だけは殺んねえと。

しかし、盛永を倒すには、群れに突っ込まなければならない。盛永の盾のように並ぶ敵を倒している間に体力を削られては、犬死に必至だ。

ガードが少し開いた。隙間から拳が飛び込んでくる。

しまった！

とっさに顎を引き、力を入れた。口元を殴られ、弾き飛ばされて、背中を壁に打ちつける。

狙い澄ましたように、右ハイキックが飛んでくる。巌は腕をクロスした。

しかし、右脚に力が入らず、弾かれ、壁に背中を擦りつけ、上体が右に傾いた。そのまま膝を崩し、片膝を落とす。

左側にいた男が前蹴りを放った。巌は瞬間、頭を下げた。爪先が壁を砕く。

伏せた目に床に転がったままのナイフが映った。

巌はとっさにナイフをつかんだ。前蹴りを放った男の軸足が見えた。

巌はふくらはぎに刃を回し、アキレス腱を斬り裂いた。

男は絶叫し、その場にしゃがみこんだ。左手に持ち替え、もう一人の男の腹部めがけて突き出す。

男は飛んで後退した。間が空いた瞬間、巌は立ち上がった。

椅子の上で丸まっている上村が映る。

巌は痛みを堪え、紫檀の机の裏へ走った。男が前蹴りを飛ばしてくる。

巌は飛び上がって男の肩をつかみ、半回転して、体を入れ替えた。

着地すると同時に、上村の椅子の横にいる糸数に足刀蹴りを放つ。糸数はふいを突かれ、顔面の前で腕をクロスさせた。

巌の蹴りがガードに食い込んだ。糸数の小さな体が弾け飛んだ。上村の後ろの壁に背中から激突する。

壁上の棚が揺れた。飾っていた琉球刀が落ちる。

巌はナイフを盛永の方に投げ、琉球刀を拾い上げた。刀を抜いて鞘《さや》を投げ捨て、壁にぶつかって呻く糸数を斬った。

糸数の額から胸元に、斜めの傷が走った。糸数が目を見開く。傷が一斉に開き、血が噴き出した。ずるずると壁伝いに頽《くずお》れる。

「ひっ！」

その血を被り、上村が悲鳴を漏らした。

「上村ああ！」

巌は眉を吊り上げて見据え、刀を振り下ろした。

上村は頭を抱え、ずり落ちた。

刃が背もたれに食い込む。が、半分ほどで止まった。椅子から落ちた上村は助かった。が、あまりの恐怖で顔は涙で濡れ、失禁していた。

鞘が飛んできた。巌は刀から手を離し、避けた。振り返って前を見た。

その時、銃声が轟いた。どこから聞こえたのかわからない。銃弾は、巌の左肩を撃ち抜いた。上村は頭を抱え、机の下に潜り込んだ。

巌は壁に当たった。が、次の発砲を警戒し、机の陰にしゃがんだ。

銃声が複数轟いた。机に向かって撃ちまくる。

弾丸は横板を貫いた。

「うっ！」

上村の呻きが聞こえた。被弾していた。

銃弾は次々と板を破って飛び込んでくる。その銃弾は無情にも上村の肉体を抉った。

弾が上村の頭蓋骨を砕いた。パッと血肉が飛び、巌の顔にかかる。

巌は目を細めた。その視線の先で、上村は息絶えていた。

硝煙が室内に漂い、白んできた。ツンとする火薬の臭いが充満する。

「くそったれ！」

巌は背もたれに刺さった刀を引き抜いた。

肩で大きく息を継ぎ、込み上げてくる恐怖心を闘争心に変える。目が血走る。

銃声が止んだ。

瞬間、巌は机の陰から飛び出した。人の群れに突っ込み、刀を振り回す。

修羅と化した巌は、銃弾飛び交う中、一人、また一人と斬り倒していく。敵の耳が飛び、腕が斬り落とされる。

返り血を浴びても拭わず、ひたすら敵に向け、刃を振るう。

おののいた敵が逃げ惑い、的を失った弾丸が仲間を倒してしまう。

「おまえら、何やってんだ！」

盛永が怒鳴るが、混乱は収まらない。

「どけ！」

盛永は仲間を突き飛ばし、巌の前に躍り出た。

巌は刀を振り上げ、盛永に突進した。盛永は退かず、自ら巌の懐に飛び込んだ。

巌が刀を振り下ろす。が、腕が下りる前に、盛永は巌の肘を、自分の左二の腕で擦り上げた。巌の腕が跳ね上がり、前面が無防備になる。

すかさず、右のボディーアッパーを腹部にねじ込んだ。

巌は目を剝いた。動きが止まり、胃液を吐き出す。盛永は巌の左手首をつかんで上げさせたまま、再度、ボディーアッパーを叩き込んだ。

巌はまた胃液を吐いた。ダメージで膝が震える。足を踏ん張ろうとした瞬間、腰が落ちた。

盛永は左手首を万力のような力で握り締めた。柄から指が離れる。盛永は刀を奪い、手を離した。

巌は両膝を突いた。体を起こそうとしても、腹筋が引きつったように痙攣し、背が丸まったまま伸びない。

盛永の前でうなだれた。

「潔いじゃねえか。その首、一発で斬り落としてやる」

盛永が柄を両手で握り、刃をゆっくりと持ち上げる。

逃げ惑っていた敵の男たちは、少し遠巻きに盛永と巌を囲んだ。

盛永の腕が頭上に上がる。

両腕を起こそうとするが、力が入らない。

これまでか……。

巌の腕から力が抜けた。

その時、室内に充満していた硝煙がふわっと揺れた。

盛永が振り下ろそうとした瞬間、ドアロの方から男が飛んできた。

男は盛永の側面に体当たりした。盛永は腕を上げたままよろけ、紫檀の机にぶつかった。そこに男がのしかかる。

「何やってんだ！」

盛永は男を振り落とそうとした。

と、薄煙の中で、人影が揺れた。凄まじいスピードと破壊力で、次々と組の男たちを倒していく。

「誰だ？」

盛永は机の後ろに刀を落とした。重なった男の背中を摑んで放り投げ、体を起こす。

人垣を割って、男が現れた。男は迷いなく、大振りの右フックを放った。

盛永は腕を上げようとした。が、若干遅れた。

拳が盛永の顔面にめり込んだ。相貌が歪み、紫檀の机の天板で一回転して、机の裏に転がり落ちた。

男はうなだれる巌の前に立った。そして、敵の群れを睥睨《へいげい》する。

巌は、その背中を見上げた。

「えっ……」

松山の繁華街で見た竜司が、そこに立っている。

薄煙が流れ出て、視界がハッキリする。

「竜星か……」

「大丈夫ですか？」

「何しに来た……」

「ちゃんと生きるために、ケジメをつけに来ました。僕のケジメは、巌さんを死なせないことです」

「何言ってんだ、おまえ」

巌の口元に笑みがこぼれる。

正面から男がかかってきた。竜星は巌の前から動かない。

男が右腕を引き、パンチを出そうとした。瞬間、竜星は男の懐に踏み出し、右ストレートを打ち抜いた。

カウンター気味の強烈なパンチを食らった男は、後方に吹っ飛んだ。敵数人を薙ぎ倒し、フロアに沈む。

竜星はすぐさま、巌の前に戻った。

敵がジリジリと間合いを詰める。竜星は巌の前にいて、自分の間合いに入ると同時に踏み出し、拳と蹴りで相手を伸していく。

鷹のような眼光で敵を捉え、踊るように舞い、次々と倒していく様は、華麗としか言いようがない。

竜星の左にいた男が銃口を上げた。

「左、銃だ！」

叫ぶ。

竜星は瞬時に声に反応した。大きく左足を男の方に踏み出した。と思ったら、次の瞬間には右回し蹴りが飛んでいる。

竜星の足の甲が、男の手首を弾いた。腕が触れ、銃声が轟く。放たれた弾丸は壁にめり込んだ。

竜星は右脚を下ろすと同時に、後ろ向きに半回転し、後ろ回し蹴りを繰り出した。踵が男の首筋にめり込んだ。真横に弾かれ、横にいた敵と共に壁にぶつかって倒れる。

「こいつ、こんなに強かったのか――」

巌の口から、感嘆の息が漏れる。

竜星は落ちた銃を拾った。

天井に向けて、立て続けに引き金を引く。凄まじい銃声に、敵は頭を抱え、身を竦めた。

「動くな、おまえら！」

怒声を放つ。

敵はみな、うずくまったまま動けなくなった。

「巌さん、立てますか？」

「ああ……」

巌は左膝に手を突き、天板をつかんで立ち上がった。少しよろけるが、しっかりと足を踏ん張る。

「逃げましょう」

「まだだ」

巌は天板に手を突き、裏に回り込んだ。

盛永がフロアに転がり呻いていた。口元は血だらけだ。左の頬骨は陥没している。

巌は転がった刀を拾った。

盛永の首筋に切っ先を当てる。

「巌さん！」

竜星が叫んだ。

「これが、俺のケジメだ」

巌は竜星に微笑み、やおら盛永を見下ろした。途端、双眸に狂気が滲む。

「ダメだ！　巌さん！」

「そういうこった」

ドア口の敵が吹き飛んだ。

片足の大きな男が、杖を水平に振り抜いていた。

「楢さん！」

「バカ野郎が」

竜星を見て微笑む。

楢山の後ろから、金武や道場の人間、警官がなだれ込んできた。

うずくまっていた者たちが逃げようとするが、金武たちの圧倒的な力でねじ伏せられ、警官に引き渡されていく。

楢山は杖で目の前の敵を殴り倒しながら、竜星と巌のところまで来た。

「巌、そいつは捜査に必要だ。殺すな」

「ですが……」

「こいつが出所して、おまえを狙ってきたときは、好きにしろ」

杖の先で刀をつつく。

巌は刀を足下に落とした。

「竜星。稲嶺がおまえが座間味と呟いたのを覚えていたから、ここだと思って駆けつけたが、違ってたら、大事になるところだったぞ。勝手な真似はせず、俺らに話せといつも言ってるだろうが」

そう言い、拳骨を一発食らわせた。

「いっ……！」

首を引っ込め、頭をさする。

楢山は竜星の手から銃をもぎ取って、テーブルに置いた。

「おまえもだ。ちゃんと生きてえヤツが、暴れてどうすんだ」

巌にも拳骨を食らわす。

「なんでそれを……」

巌も頭をさすりながら、楢山を見た。

「昔、竜司から聞いたことがある。渡久地巌というガキに説教したとな。なんて言ったんだと聞いたら、ちゃんと生きろと言ったなんて言うもんだから、おまえが言うなと笑ってやった」

そう話し、大声で笑う。

巌は、松山で竜司に小突かれた時のことを思い出し、小さく笑みを漏らした。

「巌。きっちり務めて、島へ戻ってこい。俺が引き受けてやる」

楢山は微笑みかけた。

「……ありがとうございます」

巌は深々と頭を下げた。

人混みの奥から、真昌が現れた。

「竜星！　大丈夫か！」

「うん、なんとか——」

「おまえなあ。行くなら行くで、俺に声かけろよ。親友の一大事には、俺だって——」

話している最中、巌がいることに気づき、言葉を引っ込め、息を呑んだ。

「俺にビビってるようじゃ、まだまだだな」

真昌の肩を叩く。途端、膝が落ちそうになり、前のめりになった。

「大丈夫ですか！」

あわてて、真昌が支える。

「真昌、そのまま巌を連れていけ。竜星も抱えてやれ。下に救急車も来てるから」

「わかった」

竜星は反対側の脇の下に肩を通し、真昌と共に巌を抱えた。

「すまんな」

「いや、たいしたことねえっすよ」

真昌は緊張しながらも笑みを作った。

巌と竜星は、顔を見合わせ、笑った。

ゆっくりと人混みの中を歩いて出ていく。楢山も三人の後ろについて歩きだした。

と、机の裏から、手が伸びてきた。天板をつかんで、大柄の男が立ち上がる。男はテーブルに置かれた銃を震える手で握った。

「巌！」

盛永が怒鳴って、銃口を持ち上げた。

三人が振り向いた。真昌と竜星は、銃を見て、目を見開いた。

引き金に指がかかる。

楢山は杖を机のそばに突いた。

「俺の大事なガキ共に――」

体を傾け、右脚で地を蹴る。杖を支点にして、楢山の体が浮き上がり、水平に回った。

「そんなもん、向けんじゃねえ！」

右の脛が盛永の首筋にめり込んだ。

瞬間、盛永の意識が途切れた。正体を失った盛永は椅子を抱き、そのまま椅子と共に吹っ飛んでフロアを転がり、沈んだ。

楢山は一回転して、フロアに着地した。

「おまえもバケモンだが、楢山さんもすごいな……」

巌の口から吐息が漏れる。

「楢さんは、本物の化け物ですよ」

「バカタレ。修行の賜物《たまもの》だ。片足ねえぐらいで、こんな雑魚《ざこ》共には負けねえよ」

楢山がこともなげに言う。

「なんか、俺の周り、こんな人ばっかだな……」

真昌がこぼす。

「何か言ったか、真昌？」

楢山が睨んだ。

「いや。早く行きましょう！」

真昌が巌と竜星を引っ張る。

竜星は真昌を見て、また微笑んだ。

10

益尾は甲田を連れて、未来リーディングの本社を訪れた。

屋良からの報告で、仲井の殺害、ミューズの暴走プログラムの作成など、一連の事件の全容が解明されたからだ。

植木には、他の捜査員と共に、天使のはしごに踏み込んでもらっている。今頃、倉吉を初めとする関係者は全員検挙されているだろう。

益尾は身分証を提示し、社員が止めるのもかまわず、社長室に踏み込んだ。

ソファーに二人の男が座っていた。

「誰だ？」

竹原が下から睨め上げる。

「警視庁サイバー犯罪捜査課の益尾です」

告げると、背を向けていた男も振り返った。早乙女だった。

「竹原克友、そっちは早乙女直志だな？」

甲田が言う。

「そうですが」

竹原は立ち上がった。ゆっくりと執務机の方に戻っていく。

早乙女は足を閉じて背を丸め、小さくなっていた。

「お二人に不正指令電磁的記録に関する罪で逮捕状が出ています。ご同行願えますか？」

「なんのことですか？」

竹原は益尾を睨んだ。

「まあ、簡単に言えば、コンピューターウイルスを制作し、悪用したということです」

「身に覚えはありませんが」

「まもなく、公務員や敵対企業の社員への脅迫、殺害に関しても逮捕状が出ますよ」

「でたらめは困りますよ、刑事さん」

「でたらめじゃありません。前天使のはしご代表の円谷公紀さんの告発ですから」

円谷の名を口にした途端、竹原の目は引きつり、早乙女の肩がビクッと揺れた。

「細かい話は署の方で」

益尾は甲田を見た。

甲田は頷き、早乙女に歩み寄った。右腕をつかむ。早乙女はうなだれた。

ガタッと音がした。

益尾は竹原を見た。竹原は、壁に飾ってあった日本刀を握っていた。

早乙女と甲田は硬直していた。

「銃刀法違反に、公務執行妨害も問えそうですね」

益尾は平然と見つめる。

「舐めんじゃねえぞ。てめえら全員ぶった斬って、高飛びしてやる」

竹原が目を吊り上げる。

益尾は声を出して笑った。

「やめておきなさい。あなたは僕に敵わない」

「益尾さん！」

甲田は挑発する益尾を小声で止めようとした。が、益尾は右手を上げ、広いスペースに
ゆっくりと歩いて出た。

「若造……覚悟しろや」

竹原のこめかみに血管が浮き上がる。刀を抜いて鞘を放り、益尾の前に立った。柄を握り、対峙する。

「本当にやる気ですか？」

「今さら、ビビんじゃねえ」

「ビビっていませんよ。ただ、武器を持つ者には容赦しないんで。いいですね」

「余裕かましてんじゃねえ」

「わかりました。では――」

益尾は少し足を引いて半身になった。

途端、涼しげだった目がぐっと据わった。全身から隙が消え、殺気をまとう。

一瞬にして、室内の空気がビリッとした。

竹原は日本刀を持ち上げた。切っ先を益尾に向ける。が、先端は震えていた。

甲田と早乙女も目を丸くした。

さっきまで柔和で優しげな好青年にしか見えなかった益尾が、今は、生存競争を勝ち抜いた獰猛な虎のように見える。

竹原もその迫力に、あきらかに気圧されていた。

益尾はじっと竹原を見つめるだけで、微動だにしない。

竹原が左右に動くと、黒目だけで静かに動きを追った。

竹原のこめかみに汗が滲んだ。口が渇くのか、何度も生唾を飲み込み、すぐ半開きになって口呼吸をする。

益尾は動いていないのに、日本刀を持った竹原が少しずつ後退していた。

勝手に下がり、背中が壁に付く。竹原はビクッとして、よろよろと前に出た。

「ちくしょう……」

竹原が眉を上げて睨みつけた。

二度、三度と荒い息を吐く。そして、覚悟を決め、切っ先を突き出した。

益尾は後ろに引いた左足を、さらに左へ流した。体が完全に横を向く。

そのまま左脚を大きく踏み出す。喉元を狙った切っ先が顎の下を過ぎる。

竹原の右側に出た益尾は、右手で竹原の右手首をつかんだ。脚を開いたまま踵《きびす》を返し、体を反転させる。そして、右脚に重心を移し、握った手首を送り出した。

的を失った竹原の体は前のめりになる。竹原の腕が伸びきった。

益尾は、竹原の右肘に左手のひらを添えると同時に、右脚を後ろに引いた。そのましゃがんでいく。

竹原の体がさらに沈む。竹原は左手を離し、床に手をついた。が、腕に体重を乗せられ、重さを受け止められない。

竹原の体は横に半回転し、沈んだ。顔から床に突っ込む。

　益尾は両膝をついて左膝を竹原の脇に入れ、肘裏を床に付けて、肘関節に体重をかけ、押さえ込んだ。竹原は起き上がろうとしたが、バタバタと足掻くだけで、うつぶせたままだった。

「すごいな、主任……」

　甲田は目を丸くして、漏らした。

　早乙女は、あまりに瞬時の決着に呆然としていた。

「甲田君、刀を取ってくれ」

　益尾が言う。

「あ、はい」

　我に返った甲田は、急いで竹原の右手に残っている日本刀をもぎ取った。部屋の隅に置いて、早乙女の傍らに戻る。

「離せ、こら！」

　竹原が怒鳴る。

「暴れられては困るので、手錠をかけますね」

　益尾は押さえた腕の肘関節を瞬時に曲げて背側にねじり、手錠を出して、右手首に嵌めた。背中を膝で押さえ、左腕も背に回し、手首にかける。

「ふう……一丁上がり、と」

竹原の体を仰向けに返し、襟首をつかんで上体を起こさせた。さらに脇をつかんで立たせる。

「甲田君、先に竹原を連行してくれるか？」

「はい」

甲田に引き渡す。

と、竹原は強引に止まり、益尾に向かって顔を突き出した。

「てめえ、殺り合うのが怖かったんだろ？」

負け惜しみを口にし、片笑みを作る。

「僕たちの仕事は、被疑者を検挙することですから。だけど——」

益尾は顔を近づけた。

「望むなら、今度は一撃で命をもらうぞ、竹原」

小声で言い、黒目を見据える。

竹原の黒目が激しく動揺した。甲田はすっかり牙を抜かれた竹原を引っ張り、連れ出した。

「早乙女さん、逃げないと約束していただけるなら、パトカーまでは手錠をしませんが」

益尾が微笑む。

早乙女は頷いた。

「では、行きましょう」

促すと、早乙女は重い腰を上げた。ゆっくりとドア口に向かう。

「あの……」

「なんです？」

「あなたが、ひょっとして、もぐらの血を継ぐ者、ですか？」

「影野さんのことですか？」

益尾が訊く。

早乙女は影野と聞き、狼狽した。

「もし、影野さんのことであれば、血を継ぐ者は他にいます。その彼が、ミューズの件に辿り着きました」

「そうですか……。本当にいたんだな、最悪の天敵は……」

早乙女が肩を落とした。

「早乙女さん。あなたの生い立ちは調べさせていただきました。ご苦労もあったことでしょう。しかし、これだけは誤解しないでください。影野さんは、犯罪者にとっては最悪の敵でしたが、市井に生きる人々には最強の味方でした。お父さんのこと、そして、今回のあなたのこと、今一度、冷静に考えていただければと願います」

益尾が言う。

早乙女は返事をせず、とぼとぼと歩きだした。
益尾は早乙女の背を見つめ、未来リーディングを後にした。

エピローグ

竜星は通常の生活に戻った。今日も授業を終え、放課後を迎えている。

座間味組の騒動の後、竜星は自分が行ったことを捜査員に素直に話した。

住宅への不法侵入については、たっぷり大目玉を食らったが、円谷の遺したデータを発見したことで、未来リーディングや天使のはしごを舞台とした一連の事件解決に大きな貢献を果たしたことから、不問に付された。

円谷の遺体は、早乙女や倉吉の供述から、未来リーディングが運営する産業廃棄物処理場で発見された。

竜星は、円谷が本当に死んでいたことに驚いた。

死んでもなお、自分を裏切った者を追い詰める執念と、それを可能とした円谷の技術力には、ある種の畏敬の念すら覚える。

円谷は、早乙女の経歴を調べている時、竜司のことを知ったと遺した動画で話していた。

そして、もぐらの伝説を知るほどに心酔し、彼の息子がいることも知って、何か不測の事態が起こった時には、早乙女への刺客として竜星を差し向けようと決めていたそうだ。

個人情報を知らぬ間に盗まれ、利用された竜星には迷惑な話だったが、偉大な父のことを知ってほしいという話も本意だったと動画内で語っていた。

円谷が遺したデータは、サイバー班の捜査員が三日三晩をかけ、竜星のノートパソコンに表示したものを動画で撮影するという方法で保管された。

その後、サイバー班の腕利きが、サーバーの在処を解析しようとしたが、途中で痕跡は途絶え、今もどこにあるのかわからない。

また、サイバー班が追跡したことで、サーバーへのアクセス自体ができなくなった。

今も解析を続けているようだが、おそらく見つからないだろうと、竜星は思っていた。

ただ、保管したデータから、竹原と早乙女が組んで進めてきた、スマートシティの覇権奪取の画策は、白日の下に晒された。

事件の本筋は、ＩｏＴ時代の覇権争いではあったが、マスコミや政府は、それよりもスマートシティやＩｏＴ機器の危険性に注目していた。

ひいては、それが、パスワードやデジタル時代の個人情報保護の重要性を啓蒙《けいもう》するきっかけとなっている。

円谷が委ねたのは、竹原たちの悪事を暴くことだったのかもしれない。

が、結果的に、彼の行動は未来に警鐘を鳴らした。

それもまた円谷が望んだことなのか、今となっては知る由もない。

今回の件を受け、政府や自治体は、スマートシティ構想を特定の団体に任せず、大手企業の共同体を作った上で、必要な技術者を集めるという統合管理体制を敷く方針に変えた。行政を介さない企業体もあるが、この先は覇権争いに終始することなく、全体で推進していくことになるだろう。

竹原が逮捕されたことで母体の波島組にも捜査の手が入り、巌が経営していた渋谷の裏カジノも摘発され、潰された。

波島組は主要なしのぎを失い、壊滅寸前だという。

沖縄の座間味組も今回の騒動で組員の多くが逮捕され、組の力が急速に弱体化したことから、古謝組長が解散届を提出し、消滅した。

渡久地巌は傷害、放火、殺人、賭場開帳など、複数の罪で裁判を受けている。本人はすべての罪を認め、控訴もしないと言っているそうだ。

長い懲役になるだろうが、しっかりと罪を償い戻ってきてくれれば、竜星もうれしい。

かたや、円谷が言った〝父の軌跡〟はわかったようなわからないような、微妙な感じだった。

泰や剛を倒したときは、正直、自分の奥に眠る〝血〟に恐れや嫌悪を感じた。

しかし、巌を助けに、座間味組に飛び込んだときは、同じようにゾーンに入って暴れたものの、嫌悪はなかった。

何が違うのだろうと、事件後、ずっと考えていた。

一つあるとすれば、泰や剛を相手にしたときは、母を助けたいという思いより、二人をぶちのめしたい、もしくはこの世から消してしまいたいという気持ちが勝っていたような気がする。

一方、座間味組の件では、巌を助けなければという思いが強かった。

どちらにも怒りはあるが、怒りの質のようなものが違う気がした。

父は、こういう道を辿ったのだろうか。同じ目を持つ、巌も——。

考えるが、答えは出ない。

ただ、こうした経験をしてよかったと、時間が経つほどに思う。

自分の中に眠るもの、それに対する違和感、周りの見る目と自分自身の感覚とのギャップなど、これまで深く考えることを避けてきた自身のことに目を向けるきっかけになった。

永遠に父のことはわからないのかもしれない。それでも時が経てばわかることもあるだろう。

それまではゆっくり歩こう。

この頃は、そう思うようになった。

校門を出た。

と、門柱の陰から、真昌が飛び出してきた。

「なんだ、また来てたのか」

「座間味の残党に狙われるといけねえからな」

真昌が大仰に辺りを見回す。

竜星は苦笑した。

「そういえば、おまえ、昇段試験どうだったんだ？」

「それなんだけどなー。ひでえんだよ。他のヤツは、同じくらいの力のヤツと組み手をしてよければ昇段なんだけどよ。俺だけなぜか、楢さんに勝たなきゃいけねえんだ。あんなのに勝てるわけねえよな」

歩きながら、文句をタラタラとたれる。

「楢さん、真昌には目をかけてるからなあ」

「なあ、どうしたら、楢さん倒せると思う？」

「無理無理。思いつかない」

「最強のおまえでもか？」

「おまえも見たろ。片足立ちで杖を振り回して相手を倒すならまだしも、杖を軸にして、あの巨体を振り回すんだぞ。あんな人、見たことないよ」

「だよなあ……」

真昌が肩を落とす。

「まあでも、勝てる人は知ってるぞ」

「誰だ？」

真昌が目を輝かせる。

「うちの母さん」

「あー、ダメダメ。おまえんちのおばちゃん、超怖えもん。あれはあれで、また別のバケモンだしなあ」

「それ、母さんに話していいか？」

「バカ！　殺されんだろうが！」

真昌があわてる。

竜星は笑った。

「どうする？　怪物メシ、食べに来るか？」

「そうだな。このところ、おばちゃんもいろいろと大変だったから、労ってやろう」

「ついでに、楢さんの攻略法も聞けよ」

「だーかーらー。まだ、死にたくねえんだって」

真昌はため息をついた。

「まあ、がんばれ」

竜星は真昌の肩を叩いた。

「強えヤツは、気楽だよな。あー、むしゃくしゃするから、節子おばあにポーク玉子作ってもらお」

「僕も腹減ったな。帰ろう」

竜星は走り出した。

「元気だな、おまえ」

真昌は仕方なく、竜星を追った。

夕暮れの街を走りながら、今はこれでいい、と竜星は思った。


（続く）

本作品は二〇一八年三月より二〇一九年三月まで、中央公論新社ホームページおよびｗｅｂサイト「ＢＯＣ」の連載をまとめた文庫オリジナルです。

また、この物語はフィクションであり、実在の人物・団体とは一切関係がありません。

中公文庫

もぐら新章《しんしょう》

――血脈《けつみゃく》

2019年3月25日　初版発行

著　者　矢《や》月《づき》 秀作《しゅうさく》

発行者　松田 陽三

発行所　中央公論新社

〒100-8152　東京都千代田区大手町1-7-1
電話　販売 03-5299-1730　編集 03-5299-1890
URL http://www.chuko.co.jp/

DTP　平面惑星
印　刷　三晃印刷
製　本　小泉製本

Published by CHUOKORON-SHINSHA, INC.
Printed in Japan　ISBN978-4-12-206718-9 C1193

中公文庫既刊より

各書目の下段の数字はISBNコードです。978－4－12が省略してあります。

や-53-1
もぐら
矢月秀作
こいつの強さは規格外――。警視庁組織犯罪対策部を辞し、ただ一人悪に立ち向かう「もぐら」こと影野竜司。最凶に危険な男が暴れる、長編ハード・アクション。
205626-8

や-53-2
もぐら 讐
矢月秀作
警視庁に聖戦布告！　影野竜司が服役する刑務所が爆破され、獄中で目覚める〝もぐら〟の本性――超法規的、過激な男たちが暴れ回る、長編ハード・アクション第二弾！
205655-8

や-53-3
もぐら 乱
矢月秀作
女神よりも美しく、軍隊よりも強い――次なる敵は、中国の暗殺団・三美神。影野竜司が新設された警視庁特務班とともに暴れ回る、長編ハード・アクション第三弾。
205679-4

や-53-4
もぐら 醒
矢月秀作
死ぬほど楽しい殺人ゲーム――姿なき主宰者の目的は、復讐か、それとも快楽か。凶行を繰り返す敵との、超法規的な闘いが始まる。シリーズ第四弾！
205704-3

や-53-5
もぐら 闘
矢月秀作
新宿の高層ビルで発生した爆破事件。爆心部にいた被害者は、iPS細胞の研究員だった。新細胞開発に蠢く闇に迫る！　シリーズ第五弾。
205731-9

や-53-6
もぐら 戒
矢月秀作
首都崩壊の危機！　竜司の恋人は爆弾とともに巻き付けられ、警視庁にはロケット弾が打ち込まれた。国家を、そして愛する者を救え――シリーズ第六弾。
205755-5

や-53-7
もぐら 凱（上）
矢月秀作
勝ち残った奴が人類最強――。首都騒乱の同時多発テロから一年。さらに戦闘力をアップしたシリーズ史上最強の敵が襲いかかる！〝もぐら〟最後の闘い。
205854-5

や-53-8
もぐら 凱（下）
矢月秀作

勝利か、死か――。戦友たちが次々に倒されるなか、遂に〝もぐら〟が東京上陸。日本全土を恐慌に陥れる謎の軍団との最終決戦へ！ 野獣の伝説、ここに完結。

205855-2

や-53-9
リンクス
矢月秀作

最強の男が、ここにもいた！ 動き出す、湾岸の守護神――。大ヒット「もぐら」シリーズの著者が放つ、高速ハード・アクション第一弾。文庫書き下ろし。

205998-6

や-53-10
リンクスⅡ Revive
矢月秀作

レインボーテレビの爆破事故に巻き込まれ世を去った、巡査部長の日向太一と科学者の嶺藤亮。だが、二人は新たな特命を帯びて、再びこの世に戻って来た……!?

206102-6

や-53-11
リンクスⅢ Crimson
矢月秀作

レインボーテレビに監禁された嶺藤を救出するため駆けつけた日向の前に立ちはだかる、最凶の敵・クリムゾン。その巨大な陰謀とは!? 「リンクス」三部作、堂々完結！

206186-6

や-53-12
リターン
矢月秀作

高校時代、地元で出会った奴らが帰ってきた。「あの日」に復讐するために……。「もぐら」「リンクス」の著者が放つ、傑作バイオレンス・アクション長篇。

206277-1

や-53-13
AIO《アイオ》民間刑務所（上）
矢月秀作

20××年、日本で設立・運営される初の民間刑務所「AIO第一更生所」。そこに渦巻く経営者、議員、刑務官、囚人たちの欲望を戦慄的に描いた名作 遂に文庫化。

206377-8

や-53-14
AIO民間刑務所（下）
矢月秀作

「AIO第一更生所」に就職した同期たちが遭遇した惨劇とは……。「もぐら」「リンクス」の著者が描く、近未来アクション&バイオレンス！〈解説〉細谷正充

206378-5

ほ-17-1
ジウⅠ 警視庁特殊犯捜査係
誉田哲也

都内で人質籠城事件が発生、警視庁の捜査一課特殊犯捜査係〈SIT〉も出動するが、それは巨大な事件の序章に過ぎなかった！ 警察小説に新たなる二人のヒロイン誕生!!

205082-2

各書目の下段の数字はＩＳＢＮコードです。978－4－12が省略してあります。

ほ-17-2
ジウⅡ 警視庁特殊急襲部隊 誉田哲也
誘拐事件は解決したかに見えたが、依然として黒幕・ジウの正体は摑めない。捜査本部で事件を追う美咲。一方、特進をはたした基子の前には謎の男が！ シリーズ第二弾。
205106-5

ほ-17-3
ジウⅢ 新世界秩序 誉田哲也
〈新世界秩序〉を唱えるミヤジと象徴の如く佇むジウ。彼らの狙いは何なのか？ ジウを追う美咲と東は、想像を絶する基子の姿を目撃し……!? シリーズ完結篇。
205118-8

ほ-17-4
国境事変 誉田哲也
在日朝鮮人殺人事件の捜査で対立する公安部と捜査一課の男たち。警察官の矜持と信念を胸に、銃声轟く国境の島・対馬へ向かう。〈解説〉香山二三郎
205326-7

ほ-17-5
ハング 誉田哲也
捜査一課「堀田班」は殺人事件の再捜査で容疑者を逮捕。だが公判で自白強要の証言があり、班員が首を吊った姿で見つかる。そしてさらに死の連鎖が……誉田史上、最もハードな警察小説。
205693-0

ほ-17-7
歌舞伎町セブン 誉田哲也
『ジウ』の歌舞伎町封鎖事件から六年。再び迫る脅威から街を守るため、密かに立ち上がる者たちがいた。戦慄のダークヒーロー小説！〈解説〉安東能明
205838-5

ほ-17-11
歌舞伎町ダムド 誉田哲也
今夜も新宿のどこかで、伝説的犯罪者〈ジウ〉の後継者が血まみれのダンスを踊る。殺戮のカリスマvs.新宿署刑事vs.殺し屋集団、三つ巴の死闘が始まる！
206357-0

ほ-17-12
ノワール 硝子の太陽 誉田哲也
沖縄の活動家死亡事故を機に反米軍基地デモが全国で激化。その最中、この国を深い闇へと誘う動きを、東警部補は察知する……。〈解説〉友清 哲
206676-2

ほ-17-6
月光 誉田哲也
同級生の運転するバイクに轢かれ、姉が死んだ。殺人を疑う妹の結花は同じ高校に入学し調査を始めるが、やがて残酷な真実に直面する。衝撃のR18ミステリー。
205778-4

ほ-17-8
あなたの本 誉田哲也
読むべきか、読まざるべきか？ 自分の未来が書かれた本を目の前にしたら、あなたはどうしますか？ 当代随一の人気作家の、多彩な作風を堪能できる作品集。
206060-9

ほ-17-9
幸せの条件 誉田哲也
恋にも仕事にも後ろ向きな役立たずOLに、突然下った社命。単身農村へ赴き、新燃料のためのコメ作りに挑め⁉ 人生も、田んぼも、耕さなきゃ始まらない！
206153-8

ほ-17-10
主よ、永遠の休息を 誉田哲也
この慟哭が聞こえますか？ 心をえぐられた少女と若き事件記者の出会いが、やがておぞましい過去を掘り起こす……驚愕のミステリー。〈解説〉中江有里
206233-7

こ-40-24
新装版 触発 警視庁捜査一課・碓氷弘一1 今野敏
朝八時、霞ヶ関駅で爆弾テロが発生、死傷者三百名を超える大惨事に！ 内閣危機管理対策室は、捜査本部に一人の男を送り込んだ。「碓氷弘一」シリーズ第一弾、新装改版。
206254-2

こ-40-25
新装版 アキハバラ 警視庁捜査一課・碓氷弘一2 今野敏
秋葉原を舞台にオタク、警視庁、マフィア、中近東のスパイまでが入り乱れるアクション＆パニック小説。「碓氷弘一」シリーズ第二弾、待望の新装改版！
206255-9

こ-40-26
新装版 パラレル 警視庁捜査一課・碓氷弘一3 今野敏
首都圏内で非行少年が次々に殺された。いずれの犯行も瞬時に行われ、被害者は三人組で、外傷は全くないという共通項が。「碓氷弘一」シリーズ第三弾、待望の新装改版。
206256-6

こ-40-20
エチュード 警視庁捜査一課・碓氷弘一4 今野敏
連続通り魔殺人事件で誤認逮捕が繰り返され、捜査は大混乱。ベテラン警部補・碓氷と美人心理調査官・藤森のコンビが真相に挑む。「碓氷弘一」シリーズ第四弾。
205884-2

こ-40-21
ペトロ 警視庁捜査一課・碓氷弘一5 今野敏
考古学教授の妻と弟子が殺され、現場には謎めいた古代文字が残されていた。碓氷警部補は外国人研究者を相棒に真相を追う。「碓氷弘一」シリーズ第五弾。
206061-6

各書目の下段の数字はISBNコードです。978－4－12が省略してあります。

こ-40-33
マインド　警視庁捜査一課・碓氷弘一6　今野敏
殺人、自殺、性犯罪……。ゴールデンウィーク最後の夜に起こった七件の事件を繋ぐ意外な糸とは？　藤森紗英も再登場！　大人気シリーズ第6弾。
206581-9

す-29-1
警視庁組対特捜K　鈴峯紅也
本庁所轄の垣根を取り払うべく警視庁組対部特別捜査隊となった東堂絆を、闇社会の陰謀が襲う。人との絆で事件を解決せよ！　渾身の文庫書き下ろし。
206285-6

す-29-2
サンパギータ　警視庁組対特捜K　鈴峯紅也
非合法ドラッグ「ティアドロップ」を巡り加熱する闇社会の争い。牙を剝く黒幕の魔の手が、絆の彼女・尚美に忍び寄る⁉　大人気警察小説、待望の第二弾！
206328-0

す-29-3
キルワーカー　警視庁組対特捜K　鈴峯紅也
「ティアドロップ」を捜索する東堂絆の周辺に次々と闇社会の刺客が迫る。全ての者の悲しみをまとい、絆が悪の正体に立ち向かう！　大人気警察小説、第三弾！
206390-7

す-29-4
バグズハート　警視庁組対特捜K　鈴峯紅也
ティアドロップを巡る一連の事件は、片桐、金田ら多くの犠牲の末に、ようやく終結した。片桐の墓の前で死を悼む絆の前に、謎の男が現れるが――。
206550-5

し-49-1
爪痕　警視庁捜査一課刑事・小々森八郎　島崎佑貴
麻薬組織と霞ヶ関に投げ込まれた爆弾。それは、捜査一課最悪の刑事・特命捜査対策室四係の小々森八郎。警察小説界、期待の新星登場。書き下ろし。
206430-0

し-49-2
イカロスの彷徨　警視庁捜査一課刑事・小々森八郎　島崎佑貴
早朝の都心で酷い拷問の痕がある死体が発見された。小々森八郎たち特命捜査対策室四係の面々にも、捜査の応援命令が下るのだが⁉　書き下ろし。
206554-3

し-49-3
スワンソング　警視庁特命捜査対策室四係　島崎佑貴
凄腕だが嫌われ者の小々森刑事の命が狙われている！特命対策室四係の面々は犯人確保に動き出すが、それは巨大な闇へと繋がっていた。文庫書き下ろし。
206670-0